鼎肩文学

铜仁市文艺创作扶持基金资助项目

幺京 著

彩蝶飞舞

中国言实出版社

图书在版编目（CIP）数据

彩蝶飞舞 / 幺京著. -- 北京: 中国言实出版社，
2022.3
ISBN 978-7-5171-4096-2

Ⅰ.①彩… Ⅱ.①幺… Ⅲ.①短篇小说-小说集-中
国-当代 Ⅳ.①I247.7

中国版本图书馆CIP数据核字（2022）第041812号

彩蝶飞舞

责任编辑：张　丽
责任校对：代青霞

中国言实出版社出版发行
地址：北京市朝阳区北苑路180号加利大厦5号楼105室（100101）
编辑部：北京市海淀区花园路6号院B座6层（100088）
电话：64924853（总编室）　　64924716（发行部）
网址：www.zgyscbs.cn
E-mail: zgyscbs@263.net

经销：新华书店
印刷：北京中科印刷有限公司
版次：2022年4月第1版　　2022年4月第1次印刷
规格：880毫米×1230毫米　1/32　7.5印张
字数：180千字

定价：58.00元
书号：ISBN 978-7-5171-4096-2

育树成林，写文传义

——"鼎肩文学"总序

赵晏彪

2021 年 12 月 14 日，习近平总书记在中国文联十一大、中国作协十大开幕式上的重要讲话中指出，新时代新征程是当代中国文艺的历史方位。广大文艺工作者要深刻把握民族复兴的时代主题，把人生追求、艺术生命同国家前途、民族命运、人民愿望紧密结合起来，以文弘业、以文培元，以文立心、以文铸魂，把文艺创造写到民族复兴的历史上、写在人民奋斗的征程中。

新时代的经典力作，需要作家有探险森林深处、挖找"野山参"的勇气和自觉意识、前瞻意识、开拓意识。作家只有把文学视为精神信仰，具备扛鼎的勇气、悲天悯人的风骨，将自己投身于时代的洪流之中，不怕呛水，不畏巨浪，倾注全部生命于文学，杜绝安逸享乐，拒绝金钱诱惑，才会写出无愧于时代、无愧于民族、无愧于文学的扛鼎之作、发聩之文。

"鼎肩文学"，秉承发现新作、打造精品、服务作家的宗旨，以文有义即大、唯好书是举的态度，向大众推介精品力作，将一株株精品文学之树融入华夏文学的茂密森林，以期呈现出"好木成林日，晨曦耀梢头"的壮观之景。

"作家是锻造出来的"，此言甚是。常言道，好铁炼好钢。凡具备好铁的素质，在经过高温、冶炼、打磨后，定会成器。作家这块"铁"，需经过热煅，经历肉体与思想蜕变的深度、胸怀眼界的广度、专业素养的精度，将生活阅历和人生经验在文学之炉里百炼，一只盖世的文学"大鼎"就此诞生。我期待着"鼎肩文学"经过锻造后，多出几只名扬天下的"大鼎"。

"鼎肩文学"面世之际，虽然还像刚刚步入社会的腼腆青年，但是只要肯于立长志，他日必能肩负民之"鼎"、文之"鼎"的重任，为后世了解当代人的生活留下如"大盂鼎"（西周现存最大的青铜器，现收藏于中国国家博物馆）铭文一样的真实记录，彰显我们这个时代的伟大风貌。

"育小树，成大林；写小文，传大义"，这是"鼎肩文学"的理念，也是这套文丛不懈的追求。

是为序。

（作者系《民族文学》杂志原副主编，中国少数民族文学学会副会长）

序

肖江虹

　　我一直以为，文学最宝贵的是态度，而不是成绩。

　　而对所谓的文学实绩，特别是当下，是值得警惕的。任何作品，只有放置在百年以上的文学时间轴上，才能显现出真正的价值。

　　贵州文学生态其实是不错的，成绩虽说稀薄些，但有一群真正热爱文学、敬畏文字的写作者。他们没有纵横大刊名刊的经历，鲜有怀抱奖杯的高光，但他们坚持着一直写，写真情实感，写人间万象，写家长里短，写油盐三餐。或平实，或醇厚，或轻灵，或飘逸。无数的写作者用手里的笔一直传达着人间的善意，知白守黑，扶阳抑阴。

游筑京就是其中一个。

筑京憨厚淳朴，历来都是直抒胸臆，大嗓门，直肠子，谈起文学就两眼放光。当然，沮丧也是有的，一个作品没写好，就连说自己笨。不过沮丧是短暂的，回过神来，还是继续写。

不知不觉，竟然凑足了一本集子。

《彩蝶飞舞》收录了她的十三部短篇小说。

《关上窗子》，通过一扇窗透视农民工的孩子与城市的孩子两种完全不同的生活，一扇窗两个世界：窗外的两兄妹住的是建筑工地上破败的简易工棚，吃的是最便宜的猪皮，玩的是地上随处可见的石子，偏偏这些让两个孩子的生活充满欢乐，洋溢着暖心的"穷快活"；窗内的孩子衣食无忧，生活优渥，但他却没有兄弟姐妹，过得孤单清冷，尽是恼人的"富忧愁"。从一个孩子的视角，表达了作家对社会现实的深度思考，充满了人性的温度。

《彩蝶飞舞》，写的是一个穷孩子阿降与哑女阿娜的爱情故事。阿娜因为阿降变哑，阿娜的父母尤其是母亲对阿降充满仇恨，就算没有仇恨，按门第之见这也是一场不可能发生也不可能有结果的爱情。阿降家太穷，偏偏这个最穷人家的孩子与最富最美丽的女孩之间产生了爱情。一片叶子是他们的媒人，也是这片叶子改变了阿娜的命运，最终化解了仇恨，得到了父母认可。近乎童话般的爱情描写，超越现实与族群的区隔，折射出作家心地的善良、淳朴，以及几无污染的纯净状态。以至于不少同行，甚至力劝她主攻童话创作，并深信她可能闯出一片自己的新天地。近年的乡村工作经历，又为她提供了新的素材土壤。

《牌神》等篇，无论是主题的开掘，还是题材的拓展、人物形象的塑造等方面，都在进行不断的探索与尝试。

通读全篇，虽稍显参差，不过能感知她笔下生活的火热、胸中升腾的善意，以及对文学始终如一的虔诚。

希望这只是一个开始，一个好的开始。

筑京，继续写，没有比继续写更重要的了！

（作者系第七届鲁迅文学奖中篇小说奖得主、著名作家）

目 录
CONTENTS

关上窗子

　　安咬着嘴唇，脸憋得通红，抱着一把比他个儿还大的檀木椅子往窗口挪动。啪，椅子重重地落在窗口下的木地板上，安放开椅子，长长地舒了一口气，蹬掉脚上的棉质拖鞋，爬到椅子上，用力把一道滑动的茶色玻璃窗掀开一条缝，他的眼睛像透亮的黑葡萄，放着光，从那道缝里往外看。

　　夕阳从远处两幢高楼的一条夹缝插进来，刚好射到对面的一块建筑空地破败的简易工棚上。旁边是一堆建筑材料，巨人一样耸立在那里，简易工棚像胆怯的小乞丐，战战兢兢地瑟缩着。

工棚面前蹲着两个小孩子，大点儿的男孩十来岁，小点儿的女孩六七岁，和安差不多大。他们专心致志地在玩，不时可以听到小女孩的笑声和男孩的说话声。距离太远，看不清他们在玩什么。安伸长了脖子，一会儿，整个脑袋都露在窗子外面了。他猜得到他们在玩什么，几天前他看到过。

那天他放学，路过空地的时候，他们也是这样专心致志地在玩。安顺着小女孩欢喜的声音望过去：梅核桃，丢四子，桃花两对摆，前拿一对，后捡一双，梅花朵朵开，大哥带信去，开头炮……小女孩的声音长了手，把安拉到了他们面前。他们在玩丢石子，石子在小女孩念诵的口诀中舞蹈。安的眼睛里写满惊奇。小女孩看到了安："你要玩吗？一起玩？"她的脸比阳光还灿烂，安连连摆手："我不会，我不会。"眼睛痴痴地盯着小石子，不肯走开。"那我们玩，你先看着，一会儿就会了。"小女孩笑眯眯地说。安看到她尖尖的小虎牙，白生生地露着。小女孩又开始念诵梅核桃，安的目光在地上跳起了舞。

"安，安！你站在那里干什么？还不回家！"妈妈把头伸出窗外，对着安大叫。

安听到妈在喊他。安回身就跑，跑了两步又停下来，死死地盯着小女孩手里的石子。小女孩看了看安的眼睛，她把石子收起来，跑到安的面前，把一双黑黑的手伸给安。安的眼睛放出光来，他欣喜地伸出双手。安的手白皙而干净，小姑娘愣了一下，收回手，一下子跑开了。安的手掌里留下五颗形状不一的石子，沉沉的，温温的。

安！不听话啦？妈又在叫了。

安把石子攥在手心，赶忙向他家的楼房跑去。

到家门口的时候，安停了下来，他把书包打开，将五颗小石子藏在书包的最深处。抬起头，就撞上了妈质询的目光。安把书包藏到身后，瑟瑟地叫了声妈妈。妈伸出手，轻轻地说："拿来。"安抓紧了书包："什么？我没拿什么！"安慢慢地往后退，左脚一歪，差点就滚下楼梯。妈一把抓住安，轻而易举就把安的书包拿到了手里。"妈妈……"安绝望地叫了一声，眼泪就要下来了。妈没看见，她很快就搜出了安藏在书包里的五颗小石子。五颗小石子可怜兮兮地躺在妈的手里，安的心被分成了五瓣，被妈丢进了垃圾袋里。安任妈用舒肤佳香皂反复地搓洗他木头一样的手指。

安跳下椅子，到他的玩具盒里翻出五颗弹珠，他像小女孩一样，把一颗弹珠抛向空中，另外四颗放到地上，默默地念着：梅核桃，丢四子……然后用手去接空中的那颗弹珠，空中的弹珠很乖，稳稳地落在安的手心，可地上的四颗弹珠却撒欢一样咕噜咕噜滚向四个不同的方向。安生气了，啪的一下扔掉了手里的弹珠，重新爬到椅子上，把头完全伸出窗外，目光伸得很长很长。

夕阳从远处的高楼的缝隙间消失了，天色暗淡下来。安听到防盗门那边响起开锁的声音，是妈回来了。

"安，你又趴在窗子那儿干什么？窗子外面有什么？多大的风呵，把窗子关上，该做作业了！"妈的脚步声进了厨房。

安头也没回，他看到小女孩和小男孩的妈妈也回来了，肩膀上挂着一个巨大的蛇皮袋，里面鼓鼓囊囊装满了东西。

他们很快奔过去，从妈妈肩上接下蛇皮袋，两个人把脑袋伸进大袋子里找东西，小屁股撅得老高。小女孩从袋子里找到了一个作业本，赶忙藏到身后，小男孩发现了，要抢，小女孩不给，两个人抱着扭成一团。小女孩尖声叫："姆妈，你看哥。"

姆妈过来，高高地扬起手，男孩偏着脑袋躲开了。

很快，哥妹俩又凑到一起，哥拿一只蝴蝶发卡换了妹的作业本儿。

一盏路灯闪了闪亮了起来。姆妈在工棚外面把蛇皮袋里的杂物倒出来分类，那里堆满了纸板、塑料瓶和废铁炉一类的杂物，看上去五色杂存，热热闹闹的。

小男孩跪着，在一只凳子上往作业本上画什么，妹在一旁专注地看着。路灯的光从工棚顶上投过来，刚好照亮放着小凳子那一片。

"安，把窗子关上，写作业了！"妈妈又在叫了。安噘着嘴，嘟囔着，爸安排画画，妈又叫写作业，还有老师布置的背课文，哪一样安都不想做，安拧着脑袋，不吱声。

昨天晚上，安的爸和妈吵架了，为了安的事，在卧室里关着门吵，安在客厅里全听见了。爸说："绘画班的报名费已经交了，人家陶老师答应特别辅导他，你还扯什么扯？"妈说："钢琴不去了？音乐考级是全国性的，不比你绘画强？"爸提高声音说："只有一个儿子，你让谁去弹钢琴？要去你去！安不去！"妈把声音放得更尖利，说："安是我生的，我就要让他弹钢琴！"……安在客厅里看电视，他恨不能把耳朵塞起来，但爸妈抑扬顿挫的声音却硬要往耳朵里钻，安的心里难受得要死。

安看着楼下，想，他们多好……

楼下，姆妈到工棚后面背了一只背篓出来，从背篓里拿出一些木柴块，塞到一只铁皮桶下面。又找来一团废报纸，划燃一根火柴，一缕黑烟升起来，接着是白烟，再接着一团跳动的火焰出现了。她将点燃了的报纸伸到垃圾箱下面，更大的火苗立刻从垃圾箱的四周冒了出来，红红的，亮亮的，照红了一大片地方。

"妈妈，他们生火了呢！"安从窗外缩回脑袋来，对着厨房的方向说。

妈妈循声走到窗边来，隔着茶色的窗玻璃往下看。妈说："别看他们，那多脏呵！"

安又重新把头伸出窗外，说："我还看，我就喜欢看。"

妈挥了挥手上的一块抹布，要说什么，又什么也没说，她回到她的厨房里去了，厨房里传来哗哗的水声。

下面，那只铁皮桶冒出一柱清淡的烟，晚风吹来，那些烟缕很迅速地飘过空地，消失在这栋楼或者那栋楼的后面。小女孩的妈妈不时从那只背篓里取些东西出来，往火焰底下塞，有时是木柴块，有时是些塑料或者是布块一类模糊不清的燃烧物，那桶边上便冒出一些黄颜色的或者绿颜色的浓烟来，这种浓烟可以升得很高和飘到很远的楼顶上去，火越燃越旺了。她找出一块猪皮，挑起来，放到火上去。安很快嗅到了猪毛烧焦的那种煳味，有一种怪异的香。

妈刚好到客厅冰箱里拿肉，难闻的煳焦味让她皱紧了眉头："安，安，你把窗子关上好不好！臭死了！别让臭味进屋来！"

安没听见，安看到小女孩的妈妈拿着那块烧好的猪皮到水管那边去清洗，可以听到那里传来的哗哗的水响。大男孩把米淘好了，米是用一只黑乎乎的圆桶形锑锅装的，他把锑锅放到燃得很旺的火上。小女孩在刮萝卜："哎哟，姆妈哎，我手出血了！"她突然叫起来。"妈，妹妹刮到手了。"大男孩也叫起来。姆妈三步并作两步来到小女孩身边，她把小女孩的手放在嘴里吮吸起来，小女孩不叫了。姆妈把小女孩的手拿出来，噘着嘴吹气，说："没事了，一会儿就好了。"小女孩看着那个手指头，眯着眼睛微笑了。

安把手指放进嘴里，轻轻地吮吸。他的手指弄破了，包扎的都是创可贴，他可不知道被妈妈吮吸是什么滋味。

他下了椅子，来到厨房，厨房里没有萝卜，也没有猪皮。妈妈正在剁碎什么东西，她总是把什么都剁成烂泥一样再蒸给安吃，爸妈也老为这件事争吵，爸不赞成把什么都剁碎，说那还有什么口味。妈却坚持原则，该怎么剁还怎么剁，她并不知道安吃那些东西就好比是吃烂泥一样难受，但是，安的难受丝毫也没有影响她继续制造出"烂泥"来。

"妈妈，让我来帮你。"安站到妈妈面前。妈说："去！去！去！谁要你帮？快去做你的作业去！""就一下，就一下嘛。"安央求着。"今天这是怎么了？这孩子。"妈妈放下刀，让到一边，说："小心啊！"

安背过身去，悄悄把刀伸向自己的手。哎哟！刀刃在安的手指上吻了一下，鲜红的血立刻渗了出来……

安竖着手指，血滴慢慢往下淌。妈妈飞快地跑进另外一间房，拿出一个家用药箱，很快从药箱里拿出酒精、棉签等东西。"妈妈，用嘴吸。"安把手伸到妈妈嘴边。妈把脸避开了，说："谁说的？这怎么行！"妈妈用棉签蘸着酒精给安清洗伤口。"哎哟！痛啊！"更剧烈的疼痛让安大叫起来。妈说："必须用酒精消毒，不然会感染的，叫你小心，怎么偏偏就割到手了！"妈妈给安的手贴上了创可贴，安的手指头发木，一点儿感觉也没有。

安回到了窗口，手指上难闻的酒精味让他皱起了眉头。

姆妈从水管那边拿回来那块洗得黄黄的猪皮的时候，天几乎全黑了下来。距离那个简易工棚十几米远的一盏路灯又嚓地亮起来，那蓝幽幽的光越过一道矮墙刚好照到那只热气腾腾的饭锅上，小女孩的半边脸颊也被灯光照亮了，她的衣服也好像长出了蓝色的亮边。

男孩在饭锅的旁边，又生出另一堆火。那是一只乐口福铁皮桶，火苗从桶里向外窜，男孩把一只小一点儿的黑黑的锑锅放在铁皮桶上面，添了水，放了猪皮，男孩就守在它们的旁边。

姆妈在膝盖上放一块比巴掌大不了多少的木板，她就在那木板上用一把小刀把刮好的半截萝卜切成碎丁，再一拨儿一拨儿地赶到小锑锅里去。姆妈叫小女孩搅一搅饭锅，看煮糊了。

小女孩说："搅过了，我搅过三次了。"

后来，安看到男孩用一只筷子从锑锅里挑起那块黄黄的猪皮来，他把它凑到离鼻尖很近的地方，他的鼻翼急促地翕动起来。

女孩看见了，尖声叫起来："姆妈哎，你看哥那样……"

姆妈呵斥道："放下，放下！"

男孩悻悻地放回猪皮，只把那只筷子含进口里，他说："我试试盐够不够嘛！"

房门咔嚓一声开了，客厅里有人走动的声音，是爸回来了。接着有咳嗽声、有把东西放到什么地方去的声响。安没有把头缩回来，他正在猜测那块猪皮煮熟了没有。他甚至希望嗅到一些猪皮在汤锅里的味道，他想象不出那种味道来。

爸趿着一双拖鞋从客厅里走过来，对安说："外面天都黑了，有什么好看的呀，快把窗子关起来好不好？"

"他们在煮晚饭。"安说。

爸站在妈刚才站过的位置往下看。爸说："那样不行，绝对不行，那样吃了是要生病的。"

"不会的，"安说，"他们不会生病。"

爸走过来，看到安贴着创可贴的手，问："怎么了？"

"他着魔了，成天趴在窗子上看，今天又突然要来厨房插手，割伤手了。"妈说。

"没事吧？"爸拿起安的手。"妈妈不给我吸，她用酒精把我弄得好痛。"安鼻子一抽一抽的，眼泪就下来了。

"用酒精消毒，就不会感染了，知道吗？别哭，男子汉要坚强！"爸拍拍安的头，到厨房帮妈剥大葱去了。

安看见那块热气腾腾的猪皮已经放在姆妈膝头上的小菜板上了。姆妈那么认真地使着劲，用那把肯定不快的刀上上下下地切割着猪皮。她把猪皮切成橡皮擦那么大的一小块一小块，接着又把它们放回到热汤里面去。地上的两团火把光亮照耀到她的脸上，她的脸上就一闪一闪地映出红光。

安从来没有看见过谁这么认真地做一件事的过程。安自己做什么事都是不在乎的，他经常随意地把积木码得奇形怪状，然后一扬手哗啦一下推倒；经常疯狂地按游戏机的手柄，让游戏机发出怪叫声；他还把牛奶倒进洗脸盆里，然后放一只小瓷牛进去洗澡；经常在天气暖和的时候，从阳台上吹下去许多五颜六色的肥皂泡。而姆妈那么认真地切着猪皮块，她切出的条块都是一样的大小，而黄黄的红红的猪皮呈现透明状，很好看的样子。

男孩和小女孩都一动不动地看着姆妈，每切下一刀，那男孩的嘴角那里便轻微地抽动一次，再切下一刀，那小女孩瞪得圆圆的眼睛便眨了一眨。

火堆里的木柴块在轻轻地炸响，有一星燃烧着的炭沫溅到小女孩的头发上，很快在那里灭了。小女孩并没有察觉，她把手往头发上挠挠，又往鼻头上抹了一下。

爸爸在客厅里打开了电视机，有音乐声响起来。妈妈的锅铲碰得锅沿铛铛响。安知道晚饭就要熟了。

楼下，姆妈的小菜板边沿上有什么东西掉了下去，姆妈没看见，男孩也没看见，小女孩看见了，她移动着身子，快速地从地上拾起那东西，藏到身后。

男孩看见了她的这个动作，说："央央，你拿了什么？"

小女孩说："我没拿。"

"你拿了，肯定拿了！"男孩指着央央的鼻子说。

小女孩把那只手弯曲到背后的极限，她叫着："没拿，就是没拿！"

男孩的声音尖利起来："没拿你把手伸出来。"

小女孩伸出那只空着的手。

"不是这只，是那只。"

"那只也没有。"

"没有你拿出来呀！"

"拿出来也没有。"

"你拿不拿？"

"姆妈哎，姆妈……"

姆妈对着小男孩扬起一只手："跟你妹妹争什么争，她小你也小？"

男孩噘着嘴不吱声了。安看见小女孩迅速地把手里的东西塞进嘴里。她的小嘴立即快乐地蠕动起来，安猜想那东西肯定是他从来没吃到过的美味。

小女孩夸张地咀嚼着口里的食物，男孩只得把头扭到另一边，看着远处的一片黑暗。

突然，火堆里的木柴很响亮地炸了一声，三个人同时被惊得一怔。

安的脑袋一下子碰在窗框边上，热乎乎地疼痛起来。

妈在小饭厅里喊："吃饭了，安，过来吃饭了。"

桌上摆满了花花绿绿的饭菜，爸又从厨房里端出一盘红红的白灼大虾来。

妈不高兴了，对坐上桌子的安说："大虾安就不要吃了。"爸惊讶地说："怎么不吃？虾怎么不能吃了？"

妈说："你没看报，海产有携带甲肝病毒的危险，你那白灼虾几成熟？还不是高危食品？"

爸像被烫了嘴一样嘘着气说："你看你，草木皆兵，这么多人吃白灼虾，死几个了？"

妈用筷子敲着碗边，狠狠地说："要吃你吃，安不能吃！"

爸没辙了，只拿鼻孔往外哼气。

两个人都没有好脸色。

安往碗里挟了些菜，端着饭碗又到窗口去了。

楼下那块建筑空地上也要开饭了。男孩从工棚里搬出一个空木箱子，竖起来当饭桌。几只碗高高低低地摞在木箱上，晃晃荡荡的。

三个人围坐在木箱旁，饭盛到碗里，却没动，都拿眼睛看着姆妈。姆妈说："鬼精灵啊，谁说有好吃的？"说完，从衣服兜里掏出一个黑乎乎、油腻腻的纸包。"哇！"哥妹二人齐声欢呼起来。纸包打开，是半只黑乎乎的卤猪蹄。四只小手一齐伸到猪蹄面前，姆妈把猪蹄高高举起来，犹豫地看了看四只手，末了，她把猪蹄放到了一只小手上。小女孩高兴得蹦跳起来。

小女孩夸张地咬着猪蹄肉，男孩埋着头扒饭粒，像在赌着气。小女孩啃了一会儿猪蹄，姆妈用筷子敲敲她的脑袋，小女孩站起来，把猪蹄递到男孩的面前，男孩别着脸，到底还是把那只啃过了的猪蹄接了过来，捧在手里啃了。安看得入神，都忘了吃自己的饭了。

安站在窗前，碗里的东西怎么也咽不下去。他看见那只被哥妹两人啃过的猪蹄又回到了姆妈的手上，姆妈啃得更仔细，她是把猪蹄含在嘴里慢慢地吮呢。哥妹俩开始在汤碗里捞猪皮吃，安听见他们嘴里传出来很响的咀嚼声，还有喝热汤的呼呼声……

不知几时爸过来，看了一会儿，又走开了。

安端着饭碗回到饭桌边，说："我要吃猪皮。"

妈说："猪皮有什么好吃的，我已经扔了。"

安说："我就要吃猪皮。"

爸看看那道打开的窗子，说："吃猪皮，好，我们明天就吃响皮汤，还有皮冻。"

"不！"安说，"我要吃水煮猪皮。"

妈抬起头来，望着爸。爸立即明白了，说："好呵，好！明天咱们就吃水煮猪皮。"

妈在嘴角边上笑了一下，起身走过去，啪的一声关上了那扇窗子。

牌　神

　　在黔东地区的乡下，冬至一过，震耳欲聋的猪嚎叫声就在村子里此起彼伏地响起来。过年是村子里一年到头的头等大事，杀年猪，则是头等大事的头等大事，年猪一杀，日子就滋润起来了，就酒肉飘香了，在外打工的汉子们也怀揣鼓鼓的喜悦回家过年了，小媳妇的被窝里就地动山摇、牛喘猫哼了……这段日子，到了哪家都可以大碗喝酒，大口吃肉，婆婆媳妇小姑子们满心欢喜地做最拿手的菜摆到桌子上招待一年回一次家的儿子丈夫哥哥。一年回一次家的汉子们，不管在外面有多累，有多憋屈，只要回到家里，就是硬挺挺的一家之主，就是国王。吃饱喝足之后，他们就聚在任何一家轻闲地玩麻将，过他们一年中仅有的几天神仙日子，过完年，他们又得为了养活家里大大小小的几张嘴去给别人装儿子、装孙子。

他们玩的麻将跟广东麻将差不多，只是规则比广东麻将更多更复杂，其中有一种最霸道的规则叫"一丝不挂"。所谓"一丝不挂"就是字清一色天和，即庄家摸完十四颗牌，全是字，且已和牌。谁抓到这样一手牌，另外三家就得把口袋里的钱一分不剩地交给庄家，用他们的行话说，一铺（局）牌脱得你一丝不挂。

乡下人打牌，图的是片刻的清闲、享受，谁舍得一铺牌就把口袋输得"四角朝天"？因此一般都做了清一色封顶的规定，即无论谁和牌，最多算一个清一色，庄家翻倍。却也有那不信邪的，偏要作上不封顶的规定，用他们的话说，打牌嘛，不就是为了消遣、寻刺激。

村东头就有一个这样的人，叫长顺，是村里唯一一个不外出打工的青年男子，倒不是他家境富足，而是因为他从小得了小儿麻痹，右腿瘦小，足足比左腿短了两寸，肩不能挑背不能扛，走路像不倒翁。他打麻将从来就不封顶，他说，我这辈子就这点爱好，就这点爱好能满足，还封个屌的顶！两条大腿夹个卵，大不了来个一丝不挂！于是，凡是跟长顺一起打麻将，都不封顶，多少年了，也没见谁被脱得一丝不挂，一丝不挂也就成了一个象征，一个电视里的魔鬼，没人担心它会真的吃了自己。

不能外出打工，离死又还遥远，这日子总得一天天往下过吧？长顺二十岁的时候，娘撒手归了西，两个哥哥成家后分出去单过，家里就剩下年迈的老爹和长短腿的长顺。过完年，青壮汉子就卷着铺盖打工去了，剩下长顺在村子里摇摇晃晃地转悠，虽说腿短了一截，可其他功能和欲望却一样没短，不仅没短，越发嗖嗖嗖地疯长。长顺每天在村子里转悠，也没指望能转上个媳妇，就是希望能碰上大姑娘小媳妇什么的，逗句笑话解解馋，实在不能逗乐，眼巴巴地多瞧两眼也成。可村里的大姑娘小媳妇就怕他那火一样的目光，热辣辣的能把人衣服一件件剥光，露出白生生的皮肉来。所以只要长顺一在村口出现，大姑娘小媳妇就远远地躲开了。解不了馋，闲溜达也没意思，拖着一长一短的两条腿累得死人，后来，长顺就不出门了，他从牙缝里挤出三十元钱买了一副麻将，一个人成天窝在家里琢磨。

辛辛苦苦种了一辈子地的老爹哪见得儿子成天玩麻将，他每天阴着脸，拖着长长的声音骂："你个狗日的哟，你干脆把麻将煮着吃了！"在老爹的咒骂声中，小草绿了、花儿开了、果实黄了、树叶掉光了，村子里年猪的哀号声又响起来了，长顺的神仙日子又到了。长顺虽说腿一长一短，脑子却机灵，长年在家琢磨麻将，竟让他琢磨出些道道儿来了，每年过年这几天，长顺都能让那些拼死拼活在外面挣钱的汉子心甘情愿地把票子一张张往他口袋里塞，愿赌服输啊，谁让他们打不赢呢。赢了钱，长顺不会空着手回家，他首先到村支书开的杂货店里给老爹打两壶好酒，称两斤上好的草烟，然后到猪嚎叫声停息不久的人家去称上一块热乎乎的鲜肉，回到家里，再拿出一两张票子递给老爹，让他赶集天到街上吃晌午饭。老爹依旧骂："你个狗日的，你这来路不正的钱，老子不花！"长顺也不管，切下一刀猪肉，哧哧地在铁锅里炒起来，而老爹也不再骂，愤愤地坐到门边，抽出一张搓制成条状的烟叶，用硬邦邦的大拇指指甲把烟叶掐下两厘米长的两三节，再一节一节理开，重叠，然后慢条斯理地卷紧，装到他的长烟斗里，吧嗒吧嗒地吞云吐雾起来。

苦熬了一年，村子里年猪的哀号声又响起来了，整天窝在家里的长顺来了精神。年猪一嚎，意味着打工的人就陆陆续续回来了，就像迎亲的礼炮一响，新娘子就到了一样。长顺又开始去村了里转悠了，不是去看大姑娘小媳妇，对这个他已经不抱希望了，他是去寻找刚从外面打工回来、腰包里胀鼓鼓的汉子。憋了一年了！长顺的手痒得不行，虽说天天在家摸麻将，可这一个人瞎琢磨就好比纸上谈兵，哪有哥几个吆五喝六地实战爽呢？

长顺口袋里总共就几十块钱，他每天省吃少穿从牙缝里抠出来，就为了过年这几天过一把神仙日子。出门前老爹骂他："就你口袋里那俩钱，别把裤子给输掉了！没钱我就去你哥哥家过年，你就等着喝西北风吧！"长顺一点也不担心，他摇头晃脑地唱着："没有吃，没有穿，自有那敌人送上前，没有枪，没有炮，敌人给我们造……"

从听到第一声猪嚎已经十天了，长顺还在村子里转悠，外出打工回来的汉子只回来了两个，加上长顺也才三个人，不够数啊！长顺口袋里的钱又少了十块，是有发家杀猪那天换了两斤五花肉，他不抽烟不喝酒，只要能填饱肚子，他不多花一分钱，可一听到猪嚎，钱就在口袋里按不住了，每天老是吃青菜，肠子都变绿了！长顺从村子里转到了村口，就想逮个人打麻将。长顺急，外面的人也急，急也没用，再急也得从老板那儿拿到工钱才能回家当神仙！

腊月十三这天，长顺溜达到有贵家，有贵家在村子最边上，进村的路就隔着他家门前的一丘过冬田，村子里飞进一只麻雀都能看到。他不进屋烤暖洋洋的炉火，红着鼻子坐在有贵家门口，盯着进村的入口，那眼神，恨不得让路边上那块光溜溜的青石墩变出个人来。

"有贵，有贵，你过来看看，是不是来人了？是不是来人了？我没看花眼吧？"长顺忽然叫了起来。

有贵从屋里出来，向村口看了一眼，脸上立刻放出光来："是，真有人回来了，你看肩上那个大包袱，定是挣了不少钱，买了年货。你走路不方便，去我家后面叫有发到我家来，我去看是谁来了，先把他截下来玩两圈再说。"有贵话音未落，人已走到田埂上了。长顺把有发叫来的时候，有贵已经拽着那个人来了，是去年腊月刚结婚的长庚。长庚与有贵拉拉扯扯地央求："我先回去一趟，去去就来，去去就来。"去干吗，去干吗，青天白日的，睡媳妇也得等天黑了才行吧！瞧你那猴急的样！打牌最忌讳这个，等你睡完媳妇回来，不脱得你一丝不挂才怪！"有发是出了名的火炮嘴，几句话说得长庚脸都红了。

四个人终于吆五喝六地开战了，长庚开始不肯打牌，没想到一坐到牌桌上，手气特别好，一个小时下来，就见他一个人和牌，你看他眉毛一扬，把牌全部趴下，只伸出大拇指、食指和中指三个指头去摸牌，大拇指在牌上轻轻一捏，叫声拿钱来！翻开一看，果然自摸。这期间，长顺自摸了两把，有发和有贵压根就不知道啥叫和牌。"唉！劝猪吃溲猪要肥啊！早知道这样还不如等你睡完媳妇再跟你打！"有贵长一声短一声地叹气。"不是说要把我脱得一丝不挂吗？你自个儿当心点，别把内裤输没了！"长庚得意扬扬地回击。说话间，有贵放炮给长顺和了。"拿去！老子就不信今天不开张！"有贵把五元钱扔到长顺面前。"哎，拿钱砸我啊？好，好，好，只要你乐意，你就砸吧，这样我喜欢！"长顺笑嘻嘻地把钱放到裤荷包里，漫不经心地抓牌，抓完十四颗牌后，也不打牌出来，左插一颗右插一颗，猛地把牌一趴，大笑起来："快点！快点！全给我脱裤子！"

"干吗，疯了吗？打颗牌出来啊！"有贵不耐烦地嚷嚷。

"叫你们脱裤子！让我看看你们光屁股是啥模样！"

"你他妈真的疯了！老子看看！"有发把长顺的牌翻过

来，眼睛立刻不会动了。

有贵的嘴巴张大得可以装进去一只整猪。

长庚的脸唰地白了，站起来，抱上他的包袱就要跑。

"站住！你他妈敢跑？老子这辈子头一回抓到这副牌，你跑试试？"长顺转过身去，顺手抓起刚才有贵媳妇给他们切苹果的菜刀，嗖的一声钉到地上，刀刃砍进土里半寸深。

"这是咋了？这是咋了？"有贵媳妇惊慌失措地跑进来，看到这架势，嘴巴张着闭不下来。

"快点！拿钱来！这牌桌上只认钱不认人，我长顺两条大腿夹个卵，屌人一个，今天我脱光了你们的衣服，钱我天天带在身上，绝不私藏一分！有本事你们哪天也脱光老子的裤子，谁要想要赖，先问问这刀答不答应！"

有发和有贵把身上的口袋全翻过来，也不过百来块钱，心不甘情不愿地全拿给了长顺。见有发有贵都翻了口袋，长庚的脸由白转青，由青变白，他在外面牲口一样拼死拼活地干，牛马一样把头低在胸口下面，这一年的血汗全藏在内裤里，足足一万块！要他全拿出来给长顺，不如死了算了。他一只脚在门外，一只脚还在门里面，不出去，也不进来。长顺走了过去，长庚下意识地往后缩，可又不敢把门里的那只脚跨出去。

"大老爷们，怎么就这点胆气？放心好了，你把包袱放下，我不要你包袱里的钱，你把身上的钱拿给我，这样行了吧？"长顺已经走到长庚面前了，长庚扔掉包袱，双手死死地护住下身，脸色纸一样白。

"干吗？护那么紧干吗？我又不要你那卵蛋，我自个儿这屌东西还不知道咋侍候呢！"长顺站着不动，等长庚拿钱给他。

长庚一只手护着下身，一只手把刚才赢的钱全掏出来放到长顺手里。

"就这些？"长顺歪着身子问。

"就……就这些……全都给你了。"长庚额头上的汗珠顺着脸颊滚下来，滴到手上。

"你干吗？不过百来块钱，急得尿裤子，大老爷们，你至于吗？"有发看到长庚紧张的模样，不屑地说。

长顺拿到钱，本来已经回过身准备走了，听有发这么一说，又停了下来，猛地一下拉开长庚的手："看你急得那熊样，不会真尿裤了了吧？看看，看看。"

有发有贵也来了兴致，三个人把长庚按倒在地，三两下拨开了长庚的裤子。

长庚内裤里的钱一下子掉到了地上，三个人全傻眼了。

长庚的眼泪一下子就下来了，光着屁股抱住长顺的短腿："长顺，长顺，不行，这不行，求你了！我去年娶媳妇欠下了债，家里等着我拿这笔钱去还债啊！"

听到媳妇两个字，长顺突然就来气了："媳妇？你们都有媳妇，可我他妈的连女人的边都没沾过！你狗日的还跟老子藏着！还是那句话，老子屌人一个，钱嘛，天天都放在身上，有本事你到桌子上来拿！老子眼睛都不眨一下还给你！"长顺抓起地上的钱，摇晃着出了有贵家的大门。

长庚瘫成了一摊烂泥。

有发、有贵、有贵媳妇大气都不敢喘，他们谁都没经历过这种场面，谁都不知道该怎么办。最后，有发和有贵把长庚的裤子穿好，让他靠在火炉边，有贵媳妇加了铲煤，让炉火燃得更旺点，可长庚的手还是冰凉冰凉的。

长庚回家的时候，长庚的爹娘和长庚媳妇已经睡下了，天冷，为了节约煤，乡下人吃过晚饭早早地就睡下了。长庚家的黑狗跳来跳去地撞门，长庚媳妇在屋里呵斥："黑子，别闹！"听到长庚媳妇的声音，黑狗撞得越发起劲。"这畜生！是不是没吃饱啊？"长庚媳妇起来开门，低头立在门口的长庚把她吓了一跳："哎哟，你这冤家！"长庚媳妇握着两只拳头在长庚的胸口使劲捶了两下，接过他手里的包袱低声埋怨："冤家，外面多冷啊！让狗叫门！"

长庚媳妇在灶前灶后忙碌起来，洗脸水端上来了、洗脚水端上来了，白底黑面的千层底布鞋也拿出来了，一会儿热乎乎的蛋炒饭也送到了长庚手里。长庚媳妇端个小板凳坐在长庚旁边，眼睛盯着长庚刚刚换上的新布鞋，里面忽闪着暖融融的春光……

长庚肚子咕噜叫了一声，他扒了一口饭进嘴里，背过身去，两颗豆大的泪珠掉进碗里。

长庚媳妇烧了一锅水，仔仔细细地把自己洗了一遍，等她出来，长庚已经回屋了。长庚媳妇把碗放进锅里，用锅盖盖上，然后就进屋了。屋里没开灯，她闭上眼睛，嗅着长庚的味来到床边，光着身子去寻找她的火炉。去年结婚的时候，长庚的身体火一样烫，像要把她烤熟了吃掉一样。

可是，长庚直挺挺地躺着，衣服都没脱。她伸过手去，长庚的手像冰块一样，让她哆嗦了一下。

村里的汉子们陆续回家了，长顺和有贵家是他们的逍遥宫，可是不知怎么了，今年长顺和有贵家都没人打麻将，长顺每天在床上躺着不起来，有贵也不提打麻将的事。

长庚媳妇喂的年猪也没听见嚎叫，年夜饭吃得静悄悄的。

过了初七，就到汉子们出门的时候了，他们一般都选在初八出门，一是图个吉利，二是时间晚了，出去就不好找事干了。

初七晚上，刚吃过晚饭，长顺就找长庚来了，他把长庚叫到有贵家，叫来有发，长顺从口袋里拿出五百块钱，有发和有贵一人一百，剩下的三百全给了长庚，说："这些钱还你们，长庚，原本我也不欠你，牌桌上的事，愿赌服输，可拿着这钱，老子心里却不痛快，今天咱们再打一回，你的钱我全带来了，有本事你赢回去，赢了你的钱倒搞得老子像吃了人肉一样，咽不下去吐不出来！"

"那我也再拿两百出来，陪长庚兄弟打。"有贵从屋里拿了两百块钱出来。

"我这儿也有三百多，今天就当是陪长庚兄弟了。"有发也把口袋里的钱掏出来给大家看了看。

有贵媳妇想阻止，可看到他们个个一脸严肃，没敢吱声。她把炉火烧得很旺，却还是感觉特别冷。

深夜一点的时候，有发、有贵、长庚的钱都输得差不多了，长顺一个人赢，可他脸上没半点高兴的样。长庚的脸已经变成了青紫色，眼睛血红血红的，很吓人。有贵媳妇悄悄拿了手电去找长庚媳妇，一想到那天的情境，她心里还扑通扑通直跳。

长庚媳妇已经睡了，长顺来找长庚，她知道是打麻将，也没说什么，长庚回家一分钱没拿给她，人也跟死了没两样，问他一句话也不说，也不知道在外面受了多大的委屈，成了这副样子。她想就让他去打麻将乐乐，说不定会让他心里好受些。

有贵媳妇的话犹如五雷轰顶，她又急又气，拽着有贵媳妇深一脚浅一脚地往回跑。

有贵媳妇出门的时候，长庚只剩下二十块钱了，谁知他又放了一个闲家、一个庄家通炮，三百元钱只剩下五元，长庚额头的汗一颗颗冒着，心里却阵阵发冷，想到自己牛马一样换回来的血汗钱一分都没了，连男人那点事也办不成，长庚就血往上涌，最后一把，最后五元钱再输了老子从此不打麻将了！长庚暗暗发誓。

放了通炮就做庄，长庚先摸牌，他把牌摸到桌子上却不看，把十四颗牌整整齐齐地排在桌面上，才一颗一颗翻开看：第一颗，中；第二颗，北；第三颗，东。长庚的心凉透了，看这三颗不相关的字，就不是好牌，他懒心无肠地翻开第四颗，还是字，西。他再也没耐心了，索性一下子全翻开，这一下，他的眼珠子都要掉出来了，全是字！他赶紧一颗颗理好，天和！天和字清一色！长庚大叫一声，人就咚的一声倒在地上……等长庚媳妇和有贵媳妇赶来，长庚已经僵硬了。

看到长庚鼓得铜铃一样血红的眼睛，一滴眼泪涌到长庚媳妇的眼角，长庚媳妇死死地咬住嘴唇，硬是没让它掉下来……

酒　窝

　　高二下半学期，学习进入了一个相对轻松的真空状态，校园里"模拟爱情"便像流行感冒一样传染开来。

　　爱情太有意思也太好玩了，王志和刘玉娜上晚自习在二号教学楼的拐角上拥抱接吻，第二天就被目击者把这幅美图画在黑板上，王志画得身短腿长，像一条大狗，而刘玉娜画得身长腿短，像一只老鼠，他们扭在一起，就像狗拿耗子一样，全班的晚自习笑成一锅糊涂粥，把班长气得在讲台上跳脚。

　　陈继和祁芳一堂劳动课就好上了，祁芳把一只甜筒塞进陈继的书包里，陈继的课本被粘在一起，他妈在阳台上骂骂咧咧晒了一下午。徐又斌与依娜好上第四天，又分手了，依娜坐在体育室旁边的小柳树下哭，有人偷偷用随身听去录了，放出来像一只鸟儿在叫。

别的人都在忙忙碌碌，想做什么做什么，该干什么干什么，离放假还有十几天，大家屁股上长刺，在板凳上有点坐不住了。

只有林琼不然，一点没感觉的样子，书包照样洗得发白，头发一丝不乱，有点巫山丛中一潭水的味道，看来看去，一点波纹也没有。

临期末，班上最后一次调整座位，林琼竟鬼使神差地坐到我的前面。这让我乐得不知所以了。她那一头亮锃锃的黑发竖在我眼前，太有风景了，那些活灵灵的发梢动不动就延伸到我的课本上，都触到我的笔尖了。真是，让人一点不心安。

我最喜欢做的恶作剧是在林琼的背后冷不防发出怪声，让她惊愕地扭回头来，把脸上那只酒窝亮给我。林琼脸上的酒窝绝妙无比，我给它起了名叫"地中海"，她只要微微一笑，"地中海"就波翻浪卷，全班的男生，全被淹死在海水之中，无人能幸免。

若干人曾把林琼确定为目标，但无不灰溜溜夹着尾巴落荒而去。后来有人给她取名"铜墙铁壁"。我虽然不动声色，主要是怕在她的面前死得更惨。但我无法离开"地中海"的磁场，我常常在座位上出神，幻想着只身渡海成功，在林琼面前大喷爱情的香槟酒。

但是，林琼不给任何人机会，当然也包括我。

她就是一副两耳不闻身外事、一心只当贤菩萨的模样。一听到下课铃声，她就拎着书包扬长而去，从来不管我的目光被她抻得有多长，都快到地球的末日了。

林琼真的是个油盐不进、不食烟火的泥菩萨？别人信，我决不信。你看她笑起来，眼睛里蜂飞蝶舞的样子；你看她盯着黑板出神，想到什么目光里一往情深的景致。林琼，我恨得咬牙切齿地说，她就是一成道的妖精，爱情里最毒的毒药。

秘密终归是包不住的火，林琼很快被我揪住了蛛丝马迹，她有一只高功能的随身听，收音效果一级棒。别人一有空就听周杰伦、林志炫、张惠妹、王菲……我发现林琼的随身听从不卡盘，她就用收音，一偷闲她就在我前面听得如醉如痴，脸面上的表情排满喜怒哀乐，丰富得让边上的人也不亦乐乎……我猜到她的随身听里有秘密，巨大的秘密。

我试探性地问林琼："听什么呵？仙乐呵？拿出来分享一下？"她没回答我，下腮帮却腾地红了一大片，就像一片野罂粟哗然开放在幽密的处女地上。林琼拿下耳机关好随身听时告诫我："别瞎猜呵黄健，瞎猜我对你不客气呵。"这不是此地无银三百两吗？我说："我才不猜呢，肯定与谈情说爱无关。"林琼别过头去偷偷笑了，脸上那"地中海"汪了一窝儿蜜。

说真的，林琼不太在乎我，我竟也不嫉妒她，我也没有对象嫉妒，我不相信那随身听里会跳出个宝哥哥来，和林妹妹花前月下、海誓山盟。"林妹妹"这端发的是爱情空想病，我谅她从那随身听里听不出好结果来。

假期，我和几个同学去了张家界，走之前约了林琼，"林妹妹"从窗户里伸出脑袋来说，她哪儿也不去，在家"做茧"呢。去的人轰一声笑开来，我没笑，我明白她这句话的含义：大概她要背着人抽她的万缕"情丝"哦。

从张家界回来，我的猜测竟不差分毫。我去看林琼时她在医院里打点滴，一张脸浮肿得变了形。后来我得知，她假期里只身一人去了一个海滨城市，去见一个电台谈话节目的主持人。我没有想到的是，这个主持人人到中年，有家有室，有儿有女，林琼为了见他，在那个城市逗留了半个多月，结果因为水土不合，患了全身性皮疹，才不得不回来。她妈骂她："你发哪门子神经？不要命了？"我看见林琼不以为然在笑，掩不住的酒窝藏满了爱情的花蜜。

有次课间休息，见教室里没几个人，我直言不讳地问林琼："爱上了吧？"林琼直视我的视线一点也不拐弯，她说："怎么了？嫉妒了？"我故作轻松一笑："什么呀？再怎么我也不会嫉妒一个老头？"林琼的脸唰地变了色，她用手指着我的鼻尖说："黄健，我这辈子再理你我是小狗！"

高三学期开始，疯狂的高考准备课把我们全部拖进了一个旋转的黑洞。一台巨大的绞肉机在等待着我们，要我们前仆后继用血肉之躯去填补大学的校门。爱情像席上的冷盘，主菜一上桌，它就移到边角上去了。不过我观察到林琼偷闲时还是一如既往地听随身听，脸上还是那么丰富多彩。高考前的潮汐并没有淹没她，她是一座固执又神秘的爱情的小岛。

事实上，我真正爱上林琼，是从这时候开始的，说得彻底些，我爱上爱情，是从林琼身上开始的，爱情是如此让人神往，如此仙乐缥缈，如此遥不可及却又入骨三分……

高考前，有一天放学我和林琼在街上相遇，我心里恍然一动，赶忙去买了一支特大号的阿尔卑斯，像献玫瑰花一样优雅地献给了林琼。林琼接了过去，看定我说："黄健，平白无故你贿赂我干什么？"我怎么办？只能拿出无赖来掩盖脸上的尴尬，我说："想咨询你几个神圣的问题。"林琼站住脚步，看着我的太阳帽，说："问。"我说："爱情是什么呀？"林琼拿鼻子笑出一串拐弯的鼻音，然后扬着眼睛说："不——知——道！"我倒不笑，不好意思笑。走了一段路，又问道："怎么才能有爱情？"林琼想了想，又看看我，笑在眼睛里，说："不，知，道。"我跟在她身后绕过街边一块巨大的广告牌，广告牌上的广告词是：一旦拥有，别无他求！我们在街边默默走了半晌，眼看阿尔卑斯就要夷为平地，我还是不甘心地问林琼："最后一个问题：爱情能永久吗？"她这次久久没回答，但我分手时还是从她脸上笑意幽深的酒窝里看到三个意味深长的字：不……知……道……

很快，高考使人忘记一切，几天，炮火硝烟散去之后，一切又归于平静，奇怪的平静。命运交响曲的指挥棒刚垂下来，爱情小夜曲又从人的身后奏响。我和林琼不在一个考场，考完试，一身的装甲辎重从头到脚卸下来，躺在家里的沙发上，心突然空得要命，我在想林琼：高考过后，她会怎样？

分数线一公布，填完志愿，我接到一个电话，是林琼她妈打来的，她说："黄健，你是林琼的好同学吧？"我不知如何回答她，只得说："好……是同学。"林妈说："林琼太不懂事，太不听话了！她说，她考分不错，但填报的学校驴唇不对马嘴，是滨海大学。也不跟我们商量商量。"我也大吃一惊，她是我校进北大的第一人选，怎么舍本求末去滨海？林妈接着说："黄健呵，你不知道，我家林琼不服那边的水土，她这是不要命了。"我说："问题没那么严重，可能她是爱上海洋了。"林妈问我："假期打算出去旅行吗？"我回答说："有打算，还没定。"林妈说："要是去海滨，拜托你把林琼给我找回来。"她告诉我，填完志愿，林琼就去海滨了。我想了想，答应了，说："我去。"

在滨海大学旁边的旅社里，我找到了林琼，她一脸的风尘与疲惫，眼神却灼然有力。她见我，劈头就问："我妈让你来的？"我说："不是，同学们怕你被劫持了，派我来虎口救人。"林琼笑了，说："别大惊小怪啦，回去吧，回去，告诉他们，我就喜欢被劫持。"我说："你别把劫持当好事呵。"林琼把我推出门外，说："我喜欢，我愿意，嗨！怎么啦？"隔着门板我和林琼说了最后几句话，我说："林琼，那个人真有那么好？"林琼说："你不懂。"我不甘心地问："你觉得你们合适吗？"林琼仍旧回答："你不懂。"我还是不甘心地扔下最后一句绝话："你最后肯定会后悔的。"林琼回得更绝："黄健，告诉你，没有最后。"

从滨海回来我一路在想，这人要是被自己劫持了，就无可救药。

林琼是陷入爱情中不能自拔，着了魔一般，上天堂或下地狱不得而知；王志、刘玉娜是用爱情来玩生活，搞得筋疲力尽，王志考上了西北工大，刘玉娜却名落孙山，两个人的未来可想而知。陈继和祁芳拿爱情当烤炉，双双考（烤）上了上海的大学，临上学却大吵一架，彼此数落了对方许多不是，我们一帮同学在小酒店劝了他俩一个晚上，两个人的爱情命悬一线。另外还有若干提不上桌面的爱情纠葛……上大学之前，最恼人的就是爱情的等号后面尽是些乱七八糟的答案，我当年非常希望刘恒在《狗日的粮食》之后写出《狗日的爱情》，非常遗憾，他一直没写。

大学生活让我们这一帮雏鸟儿各自纷飞。几年间断断续续有些联系，有的人渐渐地也就杳无音信。这世界到底是天大地大，比友谊大，也比爱情大。

走出校门，生活更是劈头盖脸扑过来，有点人在江湖的味道了。当然，当年的同学偶然见了，还是会问彼此的信息，谁和谁怎么了，谁和谁又不怎么了。我最想知道的是林琼的消息，不过最难打听到的也就是林琼的消息，当年她考上滨海大学以后便神秘地失踪了。她家后来也搬走了，一点音讯也没有。实际上我在心里最放不下的是林琼，我爱她不爱她还在其次，我是担忧她，她那么不顾一切地投身于一场无边无底的爱情，特别像章回小说，下回是怎么分解的？她在那条爱情的小路上遭遇了什么？是走进了姹紫嫣红的花园，还是走入了绝壁丛生的峡谷？这要命的爱情到底把人怎么样了？

今年春节的前一天，有个同学聚会在怡然居酒楼，我本来想加班写点东西，王志打电话让我过去，我一边听电话，一边构思谎言推拒。王志说："来不来请便，告诉你，林琼在的。"我一听，脖子上的汗一下就冒出来了，我说："王志，替我把个座呵！"王志骂："把你个头，再不来我们就把林琼瓜分了。"

我赶忙屁股上冒烟赶到酒楼，终于见到了在席面上正襟危坐的林琼。恍然一看，人还没变，还是一副"林黛玉"模样，举手投足仍然有情有调的，连她咀嚼一根泡菜的模样，都依然让人感觉痴迷。不过细细看来，人还是似是而非了，头发颜色没变，但直发变曲了，眉目未改，但多了些装饰性的眼线，特别是眼神，原来是一条甬道，可以一直看到春满花开的后庭，现在悄然立了屏风，看到的尽是杯光酒影，浅情薄笑。

一干同学在觥筹交错间谈起过去，都在嘲笑当年，或者显摆今天。说起那年的爱情，都说好笑好笑，怎么就那么单纯呢？怎么就那么傻到老家了呢？怎么就那么不知天高地厚呢？好像一个一个，终于都熬成精了，都可以拿爱情啥的不当成事了。我注意到，唯有林琼，一口一口呷着葡萄酒，一句也没有菲薄当初。她只说了句："没有过去，哪来今天。"声音不高，别人没听见，我听见了。

席到半途，有人提议跳跳舞吧，于是我们把包房里的桌椅挪了挪，关掉大灯，一对一对就跳了起来。

我当然咬住林琼不放，过去就抓住她的手。林琼很轻，跳起来就像我搂着一团影子。灯光模糊制造了含混的情调，而林琼更像我拥抱着的一个大谜团。有几次话到嘴边，又咽了回去，我怕去触动那些迷影，万一那是些伤疤呢？舞曲一曲接一曲，只在某个很抒情的瞬间，我问了林琼一句话："这些年还好吗？"林琼在我耳边回答："你以为呢？"

我还能问什么呢？生活仍然是进行时，我发觉我问得有点傻。

聚会临散时，林琼站在门口，拿出一沓请柬发给大家。我打开一看，愣住了，请柬上写：何玉光、林琼在天下酒楼举行复婚仪式……何玉光，就是那位电台的节目主持人。

我把那纸请柬捏出汗来。在酒楼门口看着同学们一个一个散去。林琼和我告别时欲言又止，我看着她紧拽着一只皮包穿过人行横道，在躲闪开一辆公交车后，消失在街边的阴影中……

回过身来我突然怔住了，怎么就忘了一件事：林琼脸上的酒窝呢？

签　约

　　吴菁七点二十就来到指挥部办公室。昨天与李文强约好时间见面，与他们夫妻核对评估数据，尽快签订拆迁协议。为了不影响李文强去县城拉三轮车，她特意把时间定在七点半。

　　吴菁打电话催了三次，直到九点钟，李文强才慢腾腾地一个人空手走进指挥部。

　　"你怎么又一个人来了？资料也没带来，你老婆呢？"

　　"我老婆不同意，把资料撕了。"

　　"你一个大男人，怎么这么孬呢！老婆是蓬草，全靠捶得好。这个道理不懂吗？"

"那，那你怎么没被捶？"

"我怎么没被捶？我就是起床就挨捶了，老公不捶我一顿我都不敢来上班。"

吴菁撸起袖子让李文强看。

李文强伸过头看了一眼，果然有一处红红的伤痕，缩回脖子，低下头不说话。

其实这红印子是吴菁自己碰到卫生间门把手上弄的，本是跟李文强开个玩笑，缓和气氛，见李文强不说话，气氛更沉闷了。这样下去，拆迁工作没法开展。吴菁急忙转话题，

"开玩笑！开玩笑！老婆是不能打的，好汉不打妻，好狗不咬鸡，老婆只能好好哄，好好教。床前教子，枕边教妻，这才对，知道吗？"

"我一个拉三轮车的，天一亮就出门，晚上才回家，累了一天躺倒就睡，哪有工夫教嘛？"李文强委屈得不行。

"哈！这就是你的不对了，难怪你老婆要生气，把拆迁资料都撕了。这可不关我们拆迁的事呵，怪你，你清早出门晚上归家，白天见不着你，晚上你倒床就睡，根本不与你老婆玩，人家不生气才怪！"

"哈……哈……哈……"

李文强张嘴欲说什么，被周围的哄笑惹红了脸。

"我说的没错，自己的老婆，得陪一下，哄一下。我重新给你弄一份资料来，一会我们食堂的饭熟了，就在这里

吃饭，回去好好哄哄老婆，下午带她来指挥部，我跟她说，行不？"

李文强没回答，也没走，算是默认了。

吴菁赶紧去复印一份李文强家的房屋评估详细数据，对照拆迁征补政策逐一给李文强算账，并按货币补偿与房屋回迁补偿两个方案算出来，一边算一边跟李文强分析两个方案的利弊。

李文强在一旁认真看着，不时皱一下眉。吴菁只要一见他皱眉，便耐心地反复讲解，直到李文强眉头完全舒展开来。

原本算账这个程序是签订拆迁协议时才进行的，指挥部安排有专门的工作队员进行算账。

吴菁负责拆迁外围工作，只要把拆迁户思想工作做通，签订协议、算账的事完全不用管。

吴菁入户半个月，发现光宣传政策不太管用，老百姓可不管那个，他们只认一个理：拆了我的房子，赔我多少钱？还有没有房子住。还有的人死活不同意拆，怎么说都没有用。

吴菁自己找征补办公室的工作人员，学会怎么算账，然后自己把每一家的账都以不同的补偿办法算好，再一一给他们分析，给他们提供详细的参考意见。

本以为这个办法很好使，没承想昨天跟李文强约好，今天他们两口子来指挥部签订协议，人没来不说，吴菁辛辛苦苦算好的两套资料也被撕了。

李文强倒是听话，在指挥部吃完饭，又拿了一套资料回去。吴菁拿出他家的资料，再把他家的家庭成员、人际关系理出来，在纸上涂涂画画。

李文强父母已故，老婆杨艳在温泉公司当服务员，两个孩子在上大学，李文强家在偏远的农村，距县城有好几十公里，跟杨艳结婚后一直住在娘家的老宅里，前几年刚刚买的宅基地修的房屋，杨艳的户口没迁走，才办到了宅基地手续。家里大小事都是杨艳说了算，拆迁难点在杨艳身上。

半年来，吴菁去李文强家无数次，从未见过杨艳，只听说是个厉害角色，如今看来，确实厉害。

总也见不着面，吴菁无计可施。她反复在纸上画着，一圈圈一道道。

"哎哟！你这画的啥呀？一团乱麻。画个花呀草呀还可以养养眼，你这画的，浪费笔又浪费纸。"

同事知道吴菁心里着急，跟她开玩笑，逗她开心。

"拆迁就是天下第一难的工作。一点没错！"

"别着急，慢慢来，拆迁工作要是那么顺利，就不会安排这么多人来了。"

吴菁停下笔，想对同事笑笑，那眉眼却怎么也舒展不开，锁成一团。

下午三点，李文强还没来指挥部，估计是又没请动老婆。他家的拆迁杨艳是关键，看来只得到温泉公司去找她，不把杨艳的工作做通不行。

吴菁拿上拆迁文件、征补方案、评估资料等走出指挥部，往温泉公司走去。

刚走到门口，看到李文强领着一个收拾得干净清爽的女人向指挥部走来。吴菁心中一喜，迎上前去。

"来了？我还担心你有事不来了呢！这位是？"

"这是我老婆。"

李文强说完就退到女人身后，让女人上前。

"嫂子好！第一次见，欢迎欢迎！"

吴菁急忙把杨艳引进指挥部办公室，泡上两杯热茶。

"嫂子，你看过资料没有？"

"看了一点。"

"拆迁政策这些都清楚了吧？"

"我再看看。"

"这女人，精明啊！"吴菁心里暗叹一声。

"走，嫂子，我带你去外面那间办公室，那里墙上有回迁房屋设计图，你先看一下新房子。"

吴菁把杨艳带到签协议那间办公室，因暂时没有签协议的人，办公室里清静，好做思想工作。

"你心里是什么想法，跟我说说呗，我们都是女人，好说话。"吴菁说。

杨艳低着头不说话，估计心里还在算账。

"你现在把协议签了，还可以享受奖励，房产评估价百分之五的奖励，嫂子，一百万就有五万元奖励，得辛苦干一年吧？这个奖励是有期限的，超过时间就只有百分之三的奖励了，再推后一分钱奖励都没有了。"一边说，吴菁一边把资料上以百分之五计算出来的奖励金指给杨艳看。

一看真有几万元奖励，杨艳的眼睛都亮了。

"过来，再来看看房子，先签协议先选房。好楼层，好户型，随你选。协议签晚了，好楼层好户型可就被别人选光了！"见时机成熟，吴菁把杨艳拉到搬迁房施工图纸这边。

巨大的彩色施工图纸占了整整一面墙。每一层楼的每一套房子、卧室、厨房、卫生间、阳台，全都看得清清楚楚。

"你要几套房子？多大的？根据你家的住房面积，总面积不能超过三百八十平方米，超过的面积要花钱买，剩余的面积会补钱给你们，具体补多少，得以剩余面积来折算。"

杨艳给儿子女儿各选一套二百四十几平方米的，自己又选了一套一百平方米的，还剩下三十几个平方米的面积可以补钱。

"嫂子你太能干了！儿女房子有了，自己的房子有了，还能补偿钱用来装修。李文强能找到你这样能干的媳妇，晚上睡着了都会笑醒吧？"

"他才没觉得我好！"

杨艳嘴上不承认，脸上的笑容却再也藏不住了。

"房子选好就把协议签了吧，我可不敢保证它们明天还在，说不准等会儿别人来签协议就把它们选走了。"

杨艳还在看，没有回答吴菁。

就在这时，又走进来几家人选房，看到他们盯上自己选的房子，杨艳急了："这是我选了的。"

"你选的？签合同没有？那边墙上没标出来呀，没标就是没签呗，那我还可以选它！"

"我们马上签！"

杨艳寸步不让。

"尚主任，签协议！签协议！"吴菁赶紧扯着嗓子喊，尚主任从征补办主任办公室里冒出头："你那个组又有人签？牛啊！等一分钟，商量个事，马上过来。"

"又得一户！"吴菁说出来的每个字都带着兴奋的颤音。

"吴菁！吴菁！快过来！"吴菁刚乐了没一分钟，就听到有人在指挥部办公室叫她。

吴菁一走到指挥部办公室门口，里面黑压压一大堆人又吵又闹，吓了她一跳。仔细一看，大部分是她负责的李家弯的拆迁户。

这段时间天天在他们家进进出出，没觉得他们有什么大意见啊，怎么突然之间全部跑指挥部来了？吴菁没有贸然走进去，站在门边上听他们说些什么。

"他们卖房子那么贵，四五千一个平方米，凭什么我们拆迁只按二千五一个平方米补偿？凭什么我们房子的价格就比他们的少一半？"

"他们的房子拆了一赔就是几百万，凭什么他们的房子那么值钱？我们的房子就不值钱？"

听了半天，无非争的就是一个"钱"字。可是半年来每天都跟他们讲这次拆迁的原因及补偿标准，这次是因为扩宽公路，属于市政建设、民生工程，不是老板搞产业、搞开发，补偿标准也有明确规定，得一把尺子量到底，不像企业拆迁，有一定弹性，企业可以对补偿自主协商。平常说到补偿方面，也没有这么激烈的反应啊！一定有问题！

就在这时，拆迁指挥部指挥长徐绍鹏来了，他是县里的一个副县级领导。

"同志们，你们到指挥部来，是对我们的信任！但你们这样不是解决问题的办法，能不能选一个代表发言，把你们的诉求由代表告诉我，我来解答。"

"可以！可以！"

闹闹嚷嚷的群众一致同意。随后，他们的目光开始搜寻，最终落在一个光头老汉身上。这个"光头"吴菁特别熟悉，也是她负责那个组的拆迁户，叫杨胜勇，开着一家店铺做日用品批发，四层楼的洋房，二三层都租给一家公司办公，只留一楼门面做批发生意、四楼自己居住。他的两个儿子都在外地工作，一个是教师，一个是公务员，是正科级领导，平常就他一个人在家。这个老汉不光是个生意精，在评估、复核时也比电脑算得快，就他家的评估复核，吴菁就跑了二十几趟。

吴菁不明白大家为什么看他，以为是选他当代表。谁知杨胜勇摆摆手，左手抱住右手，伸出食指，指了一下他左边的妇女。

"李玉梅，我们选李玉梅！"

他们配合相当默契，杨胜勇一指，立刻就有人喊出来。大家都把目光投向李玉梅身上的时候，吴菁发现杨胜勇嘴角向上勾了勾，然后慢慢向吴菁这边走过来，却假装没看见吴菁，出去了，再也没回来。

李玉梅吴菁再熟悉不过，她有一个五岁的儿子，丈夫三年前修自己的新房子意外死亡，独自一人带着儿子在新房子里住，另有一处老宅，木房，在马路边上，有院坝，院坝租给人打石碑。这次拆迁，她的新宅老宅都在拆迁之列。因老宅是木式住房，未开门面，虽外租，但租来做生产用的是院坝，并不是房子，所以在评估认定时没有认定为门面房，只是按租赁协议给予相应补偿。她的家庭相对困难，也是目前思想工作还没有做通的人。

"你们就是土匪！强盗！我们自己辛辛苦苦修的房子，你们说拆就拆！说挖就挖！欺负我们孤儿寡母，我不拆，出多少钱我也不拆……"

李玉梅一开口就没好好说，一边说一边哭，到后来就听不清说，只听见哭了。好几个老太太一听她哭，也跟着哭开了："对，我们不拆！坚决不拆！赔多少钱都不拆！"

一时间指挥部哭声一片，不知道的还以为死了人。这哪里是选代表发言，这是哭丧队啊！

徐指挥长眉头拧成了麻花，也不制止，任她们哭了约五分钟，哭声渐渐停了，这才招呼吴菁她们几个女干部上去分别劝开，各自安抚。

　　"这就是你们选出来的代表？大老爷们？这就是你们要的答案和结果吗？"

　　徐指挥长提高音量，三个问号锤子一样敲在男人们的胸口上。他们默默低头，四处张望，突然发觉少了一个人，杨胜勇不见了。他们你望望我，我望望你，谁也不说话，好像忘记来指挥部的目的了。

　　"请你们重新选一个代表出来发言。"

　　见没人说话，徐指挥长又大声说了一遍。

　　"请你们重新选一个代表出来发言。"

　　依旧没有人说话。

　　"那如果是这样，你们不说，我就说了。半年来，我们的工作队员已经跟你们讲得很清楚了，这次拆迁，不是老板来搞企业、搞房地产，是为了改善大家的生活环境，为了你们自己，还有子孙后代的生命安全。去年那场洪水有多可怕你们比谁都清楚。这条路是你们通向县城的主要通道，现在农村的路都修成水泥大道了，你们可是在县城边上，就这条小马路，已经修了几十年了，你们可是属于城里人，你们的户口，是属于县城的居民，你们的路比农村的乡村马路还差，好意思吗？你们的房屋堵塞了排洪沟，丢了七个人的性命，全县损失了几十个亿，你们就没有丝毫的良心不安吗？

人家农村老百姓一听给他们修路，自愿让出土地，自愿投工投劳，而你们呢？房子给你们补偿，门面给你们补偿，搬家给你们搬迁费，回迁给你们过渡安置费，门面停业给你们停产停业损失费，你们住在城里就应当比农村人优越吗？你们自己好好想一想，政府给你们这么多优惠政策，你们还不知足。政府为了保证你们的安全，花这么多人力物力来拆迁，给你们修路，你们要懂得感恩！不要一心往钱眼里钻，说话做事要问问自己的良心！"

徐指挥长停了停，扫视一下，看看他们有什么反应。结果气势汹汹的人们一句话都不说。

"你们还有什么话要说？有什么话就现在说，没有就先回家去，好好看看自己的房屋评估数据有没有遗漏或者是错误，有就提出来，我们好安排评估公司去复核。"

没人再说话，他们陆续走出指挥部，回家去了。

随后，指挥长安排人把负责李玉梅那几个哭诉的妇女安抚好，送回家，要求必须找到她们不拆的根源，从根源做通思想工作。

好半天吴菁才让李玉梅止住眼泪，陪着她往家走，太阳把两人的身影拉得老长老长。

把李玉梅送回家后，吴菁赶紧回指挥部办公室，李文强家的协议还没签好，她心里不踏实。

还没到指挥部就看到李文强两口子走过来，吴菁急忙迎上去："李哥，你们去哪里？协议这么快就签好了？"

"没，没有，我们再考虑考虑。"李文强说完脸红了一下。

杨艳直接从吴菁身边走过去，没跟她答话。

完了，这协议怕是难签喽。吴菁的心凉了半截。

吴菁第二天六点半就去李文强家门口等着，去晚了又见不着人。

杨艳果然在家，出门看到吴菁愣了下神，她没想到吴菁这么早。

"杨姐早啊。"吴菁笑着打招呼。

"不早不行啊，得出去挣饭钱，不比你们拿国家工资的，坐起睡起都有饭吃。"杨艳也笑着回答。

"哪里坐起睡起都有饭吃哦，我起这么早也是为了工作啊，我要拿到工资也不容易，我家儿子才一岁半，不得不把他丢在家里来上班，不上班领不到工资。"吴菁听杨艳叫苦也跟着诉苦。

"不和你说了，我家两个娃娃上大学要用钱，我要上班去了。"杨艳不跟吴菁正面冲突，反正不接招。

"你什么时候下班？我在你家等你。"

"你们不用等，等也没用！合同我们不签，叫派出所的来也没用，我又没犯法，他们来了也不能关我。"不知道昨晚两口子怎么商量的，李文强也变得强硬了。他把双手在身上啪啪拍着，灰尘包裹着他，天空阴沉沉的，李文强的脸色越发灰暗。

"李哥，我们怎么可能叫派出所的来，更不能把你关牢里去，我们哪有那个权力！再说了，把你关牢里去对我们有什么好处？"

"谁是你哥？我高攀不起！"李文强一声吼，把吴菁的话吓得缩回喉咙里。

"我也是从小在农村长大的，我知道你买宗地、修栋房子不容易。"

"知道？知道还来干什么？"

李文强再次打断吴菁的话。

"哥，你看我这么漂亮一女生，你能让我把话说完吗？"吴菁深吸一口气，笑着继续说，"我来就是想跟你算一笔账，你听我算完，你觉得合理，你就听我的，你要是觉得不合理，我立马就回去，再不来打扰你！"

"我是大老粗，不会算账！"

"你就听一听吧，不会占用你很多时间的。"吴菁见李文强站着不动，就上前与他说，"李哥，我知道你家买地花了二十万，修房子也花掉了好几万，刚刚修好还没得享受呢，还得拆，这个事任谁遇到都不开心。但你想想，就算我们不来，其他人也会来，修路是政府的一项重要工程，不会因为你一个人不同意，路就不修了，你也是有知识的人，道理应该懂，不用我再说，我又没得罪你，这是我的工作，没有办法，我也不想来啊！"

李文强靠在三轮车上，不再说话，也不请吴菁进屋。吴菁只得站在外面跟他说话。

"还有最重要的一点，不知道你想过没有？去年那场洪水有多可怕？已经丢了七个人的性命，要是那七个人中有你的亲人，有你的子女呢？公路不扩建，排洪沟不修通，你们随时都有生命危险。你就不为你自己的生命和你老婆、你儿子女儿的生命考虑吗？你儿子女儿大学毕业就参加工作了，到时候成为国家干部，也有可能来干我这样的工作，你不希望他们工作起来也像我这么难吧？"

沉默了好一会儿，李文强终于说："好，我签。"

"太好了！我去请他们再给你家好好算一下账，把协议打出来，你们就可以正式签协议了。"

"你个狗东西！三两句话就着上笼笼了，我嫁给你二十年都没有个安稳的住所，好不容易在娘家买个地修房子，你答应从此以后再也不让我跟着你租房子，转眼就忘记了？"

吴菁话音未落，一声喝骂就响起。杨艳没走，一直在听着呢。吴菁的眼皮莫名其妙跳了好几下，他家的拆迁，怕又没戏了。

李文强不敢跟老婆吵，乖乖开着三轮车出门。

吴菁看着他们两口子渐渐消失在眼前，无比挫败。看来无论李文强同不同意都不管用，必须得杨艳点头，还得继续上门做工作。

一共有五十户拆迁任务，吴菁感觉前路一片黑暗。没办法，只得硬着头皮向前走，一家不行下一家，再不行再下一家，总会找到突破口。

一天时间转眼就过去，天快黑时吴菁与同事才骑着摩托车从最后一家返回。车灯照着前面，吴菁坐在摩托车后面，黑夜的风卷着一股难闻的臭味向她扑来，数秒窒息，排洪沟不通，里面的污水发出阵阵恶臭。

回到指挥部，其他人已经吃完晚饭，给他们两人留了一点菜在食堂。

菜凉透了，吴菁将菜放到锅里热，嗞嗞炸响，吴菁的心狂躁不安。

每天晚饭后都会开会，两人一边吃饭，一边听其他小组的人汇报今天的工作及明天的工作安排。

今天相当于白忙一天，还惹出新的麻烦。拆迁真的是世界上最难的工作！

等到吴菁汇报完毕，已经是凌晨十二点。同事骑摩托车送吴菁回家。

半路上遇到几个老太太，有点面熟。他们停下车，果然是认得的，就是昨天在指挥部哭闹那几个人，其中一个竟然是杨艳。

"大半夜的，你们怎么还在外面？"

吴菁下了摩托车，走到她们面前。

"我们来泡个澡，再不来，这辈子就泡不成了！"

吴菁明白了，她们是到路边小温塘泡澡。

这个温塘很简陋，水量也不大，是村民们自己用石块砌出来的。

"城里有大温塘，去大温泉里泡澡不是更舒服吗？"

"这个温塘再小，是我们自己的，我们从嫁到溪沟就在这里洗澡，我们的孩子一出生就到这里洗第一个澡，干干净净做人，我们的老人死前也到这里洗最后一个澡，干干净净上路。路一修宽，我们的温塘再也没有了……"

老太太的话里又夹了哭声。

吴菁不知如何回答，只得上前一步，抱住她。

老太太没有拒绝，靠在吴菁身上抹眼泪。

四周静悄悄的，两颗心挨得很近，感受着彼此不同节奏的跳动。

"天太晚了，你们先回去吧，我们明天再来找你们。"

"不用来，来也没用，我从生下来就在这里，四十多年了，我嫁人都没离开过，在这里租了十多年房子，现在好不容易有了自己的房子，凭什么你们一来就要我们拆？不拆，绝不拆！"杨艳冷冷地打断吴菁的话。

双方再次陷入沉默。

"不说了不说了，很晚了，你们早点回家休息，我们也回家。"同事见势不妙，急忙拉吴菁上摩托车，各自回家。

第二天一早，吴菁就将小温泉的事向指挥长汇报，建议修建公路时保留小温泉，他们对小温泉感情太深割舍不下。

几个领导碰头迅速议定，采纳吴菁的意见，保留小温泉。

吴菁立刻每家每户去宣传，又去找杨艳谈了近两个小时。搬迁地点仍然在本村，小温泉也保留下来，她们每天都可以去泡澡。吴菁把拆迁补偿反复给杨艳计算、分析现金补偿与房屋补偿的优劣。

"嫂子，你现在把协议签了，还可以享受奖励，房产评估价百分之五的奖励，按照你家的评估价，有六万多元，嫂子，六万多，比你一年的工资都多，你想想，李文强得拉多少趟三轮车才有六万多块钱？"

吴菁的声音几乎沙哑时，总算把杨艳的思想做通，答应签协议，吴菁怕他们再次反悔，守着他们把协议签好。

晚上照例是汇报会，等吴菁回到家快两点了。楼道的灯是声控灯，吴菁没有力气发出半点声音，她打开手机灯光，觉得通往家的步梯比登天还难，后悔当初没买电梯房。要是老公在就好了，她经常搂着老公胳膊，半个身子挂在他身上，能省不少力气。吴菁晃晃头，她竟然不记得多久没跟老公一起回家了。

好不容易爬到家门口，吴菁闭着眼睛掏钥匙开门，用手摸着锁眼，把钥匙钻进去，半天扭不开。吴菁睁开眼睛，看看自己是不是把钥匙拿错了，看了又看，没错。再次把钥匙钻进去，还是打不开。

吴菁拿出手机给老公打电话，才发现已经一点二十。电话响了几声，老公没接，直接把电话挂断。

"今天是怎么了？"吴菁再次闭上眼睛，她困得不行，没法再思考。

　　就在这时，门开了，老公抱着儿子一句话没说，回了卧室。

　　"不对，这么晚了抱着儿子干吗？"

　　吴菁的瞌睡瞬间没了踪影，急忙换鞋奔进屋。

　　"宝贝怎么了？"

　　"宝贝？你哪里来的宝贝！"

　　"到底怎么了？"

　　"哇……哇……哇……"

　　儿子听到吴菁的声音，哭起来，声音沙哑无力，肯定哭了好久好久。

　　"乖宝宝，妈妈在呢，妈妈在呢！"

　　吴菁伸手去抱儿子，眼泪哗哗往下流。自从拆迁以来，每天都是七点出门，夜里十二点过回家，儿子面都见不上。

　　"你回来干什么？不是不接电话吗？你去工作啊！"

　　老公呼地一下转过身，不让吴菁抱儿子。

　　吴菁急忙看手机，十几个未接电话，全是老公打的，自己开会时把手机调成静音了。

　　"对不起，晚上一直在开会，手机调的静音没听到，怎么了？"

　　吴菁心中有愧，弱弱地问。

　　"你好意思问！"

　　"到底怎么了？"

"高烧，三十八度五。开心吧？去！研究你的拆迁户去！你的眼里心里不都是你的拆迁户吗？"

老公终究是气极，猛地把吴菁推出卧室。

"咣！"

卧室的门重重地关上。

吴菁跌倒在地上，心碎了一地，无力站起来。

身体的极端疲惫与心情的极度哀伤，让吴菁不知不觉睡过去，梦里应该也是痛苦的，吴菁把身体蜷缩成一团。

卧室的门开了，老公走出来，默默抱起吴菁的头，紧紧搂在怀里……

八　哥

　　我的八哥笨笨已经整整两天没吃东西了，儿子说它死了。

　　我不相信，儿子肯定是骗我的，笨笨才十三岁，十三岁，完全是个孩子嘛，怎么会死呢！我坚持每天给笨笨准备它最喜欢吃的蛆蛆，可是任凭蛆蛆在它面前怎么爬，它都一动不动，我给它准备的洗澡水，它也不像平时那样用最优美的姿势钻进水里，把全身的羽毛弄得干干净净，油光发亮。其实，它已经好几天没洗澡了，这个笨笨，不吃东西，也不爱干净了！

儿子真是不像话！他竟然把我秘制蛆的瓦罐给扔了。没有瓦罐，我怎么给我的笨笨生蛆？我的笨笨可从来都不喂死肉的，八哥在自己找食时会去捉虫子吃，我们这里到处都是钢筋混凝土的房子，小区里的树啊草啊都是有专人管理的，但凡有一只虫子，都被管理人员用药给毒死了，就算没被毒死，这样的虫子我也不会拿给它吃。为了我的笨笨有虫可吃，我独自在家里闭关研究，终于找到一种制造蛆的方法，我的笨笨天天都能吃到活鲜鲜的虫子了。这是我的独门秘诀，跟你说了，千万别张扬出去！我把吃不完的肉呀、菜呀放进瓦罐里，盖上盖，若是夏天，要不了几天就生出一条条蛆了，冬天我也有办法，只要在一只桶里装上热水，再将瓦罐放进去，一点也不会延迟生蛆的时间。可我的儿子特别讨厌我这样做，说我把家里全弄臭了！我可不管，儿子总不能干涉老子！为了生出更多的蛆，家里的瓦罐一个个增加，我跟我的笨笨都特别高兴。现在，儿子竟然悄悄把我的瓦罐全扔了，老子当然要跟他急了！

儿子也跟我急，他大声向我吼："当初买这只八哥来是为了防止你得老年痴呆，谁知道你反而提前得老年痴呆了！"

老年痴呆？那不是我，我坚决不承认！虽然我很多从前的事都记不起来，那是因为老院长走的时候，把孤儿院的事全部带走了，老伴一走，也把我跟她一起生活的日子全部带走了，这都不是我的错。我自有证明不是老年痴呆的证据，那就是我记得现在的事，不信你问笨笨，他肯定会说我是爷爷，它是笨笨。听听，笨笨都知道我是爷爷，不是老年痴呆！最关键的一点是，我跟笨笨在一起的所有的事我都记得，我也记得笨笨是儿子托人从一个很远很远的地方买来的，说是我老伴走了，养只八哥在家，可以跟我说说话，防止得老年痴呆。

我再强调一次，我一点都不痴呆！我比笨笨聪明多了，虽然每个人都夸它是最聪明的八哥，夸它会说话，夸它特别会讨人喜欢，但那全都是我一个字一个字、一句话一句话教它的，所以我无论如何都比它聪明，所以我就给它取了个名字叫笨笨，别人越夸它聪明，我就越是大声地叫它笨笨。笨笨真的很笨，每次我大声地叫它笨笨，它都会无比欢喜地飞到我的手上，好像笨笨这个名字是世上最好听的名字一样。这么笨的一只八哥，怎么能说它是最聪明的呢？

我还有很多聪明的地方呢，比如现在，儿子把我的瓦罐扔了，我就不吃饭，我知道，我只要不吃饭儿子就会着急，就像笨笨不吃东西我会着急一样。

这一招很灵，儿子又给我买了新的瓦罐，但我的笨笨不在瓦罐里，却开始发臭了，发出瓦罐里的肉快要生蛆时一模一样的味道，我不知道笨笨怎么了，晚上，我给笨笨喷了很多花露水，把它放进笼子里，然后回到我自己的床上睡觉。等我醒来，笨笨不见了，我抓着儿子要，儿子说，笨笨飞走了，找它妈妈去了。我不相信，肯定是儿子嫌笨笨不乖，不吃饭，不洗澡，把它赶出去了，我非要儿子带我去找笨笨，敢不带我去，老子就跟他斗到底！

儿子最终没斗赢老子，他终于开着车带我去找笨笨了。

我们的车子像只甲壳虫，一会儿在山坡坡上跑，一会儿又钻进山肚子里去，在肠道里穿行，好半天才能钻出来，肠道里有灯，好像到了晚上一样。车子这样在大山的身体里穿进穿出，飞快地变幻白天黑夜，如同一只隐形的手，把我拉回到昨天、前天、再前天、再再前天，一直到了笨笨刚刚来到我身边的那一天。

那时我刚刚失去老伴不久，儿子给我买来一只刚刚出壳不久、已长出羽毛并开始学习飞翔的八哥，这只八哥个大、眼明亮有神，呈淡黄绿色，喙薄短，呈玉白色，一双小爪子黄澄澄的，小巧有力，它整体看上去是黑色的，隐隐泛出绿色的光泽，翅膀有两处地方的毛是纯白色，尾巴尖端也呈现出一圈白色的毛，像小女孩裙子上漂亮的白色花边。小八哥活泼好动、对外界环境反应敏捷，叫声洪亮且喋喋不休，这几点，与我的老伴很相似，好长一段时间我都认为是老伴化作八哥来陪我了。老伴死后我常常想起以前很多对她不好的事，所以我格外宠爱八哥，全当是对老伴的补偿。

想起老伴，我又想了老伴给我生下儿子后的那些日子，那时我们两个教儿子学走路，教儿子学说话。想到教儿子说话，我又想起了教笨笨说话的事来。

那时笨笨刚换第一次羽毛，儿子说这会儿是驯化八哥的最佳时期，但必须找个僻静的地方，在每天早晚空腹驯化。我知道一个最僻静的地方，便每天清晨带着笨笨到那里去。那里睡着我的老伴，在那里，她正好可以看着我如何教会我们的宝贝孙子说话。或许是我的老伴在暗中帮我，笨笨没两天就学会了"早"，后来我又教它叫爷爷，教它叫奶奶，教它说"你好"，教它说"再见"，再后来，它就可以跟我说话了，还会对着老伴睡觉的地方叫奶奶。

没来得及想起更多的事情，车子又穿出来，在山肚皮上奔跑，山肚皮上的公路像极了老伴炸的麻花，每次老伴炸麻花的时候一阵阵香油味都会熏得我昏昏欲睡，现在没有一丝香油的味道，那是比香油的味道淡很多、略带泥腥的气味，我将头扭向窗户，便看到各种各样的花花草草，而我面前闪过，还有很多我从没看到过的树。这些花呀，草呀，树呀，它们的气味混着淡淡的泥腥，向我扑过来，我一下子就晕了，不知道自己身为何物，身在何方。

当我清醒过来的时候，我们的车子已经停在了几棵大枫树前面。

这是什么地方？我完全蒙了。

儿子告诉我，这就是他大学毕业以后去的第一个地方，他在这里生活了整整三年，当年老伴死的时候，他送我的那只八哥就出生在这里。

我一下子就对这个地方产生了兴趣，原来这里就是我的笨笨的老家呀！儿子把它从这里带走已经十三年了，难怪它会想家，难怪它会回到这里来了。

我急切地想知道笨笨的老家更多的情况，儿子便跟我讲了起来。

这个村子叫枫树坪，这里的八哥是最优良的品种，清一色的白玉嘴、橙黄脚。他在这里的时候，经常都会看到五六只八哥飞到牛背上。村里有一个专门经营八哥的人，叫杨雄，他捕捉驯养出来的八哥远销到全国各地，而他自己也成了村里的首富。与他同辈的兄弟都戏称他为鸟人，叫他鸟哥，小辈们都叫他鸟叔。

究竟是怎样一位捉鸟驯鸟的神人呢？我加快了脚步，不一会儿就气喘吁吁了。

我停下来休息的时候，远远地看到一幢气派非凡的洋房鹤立鸡群般耸立在一片低矮的瓦房中间。

看，那就是鸟叔家的房子，枫树坪的人全都住木房，只有他花巨资修了那幢洋楼。听说当年他搬进新家，宰了三头猪，请全村人在他家吃了三天，对了，这幢房子就是我回家那年修的，儿子指着那幢洋房告诉我。

能靠捕鸟驯鸟发家致富，不知道他捉了多少八哥，驯了多少八哥，这"鸟人"，也算是实至名归了。

走到鸟叔家豪宅门前，更加让我惊叹。洋房加上周围的花园，估计占地有五六百平方米，只是花园里杂草丛生，似乎很久没有人管理，铁栅栏也有好些地方油漆脱落，开始生锈了。栅栏门用一把很大的铁锁锁着，铁锁锈迹斑斑，显然是很久没有开动过。我抬头细细打量，突然发现二楼的窗户上隐隐约约有些血迹，吓了我一跳，再仔细些，就发现花园里的树木花草上隐约带有污渍，有些污渍处还粘着零星的羽毛，地上的羽毛更多，与枯枝败叶混杂在一起，铺了厚厚一层，这空荡荡的房子顿时变得阴森森的，让我毛骨悚然。

儿子也感觉奇怪，鸟叔难道已经搬到城里居住了？他带着我向鸟叔的堂弟杨奎家走去。

一路上，不时有牧童赶着牛儿回家，并没有看到儿子说的五六只八哥站在牛背上的情景。艳阳高照的四月，是八哥最喜爱的季节，正是它们繁衍交欢的日子，却连八哥的影子都没瞧见。

走到一条小巷子入口，儿子说杨奎家就在巷子那头，应该能问到鸟叔的去向。

走到拐角处，一个蓬头垢面的人蜷缩在墙角，吓了我们一跳。

咦，枫树坪并没有智障或疯癫人员呀，这人是哪来的？儿子低下头去看个究竟。

谁知那人猛地站起来，拔腿就跑。

儿子笑着摇了摇头，继续带着我向杨奎家走去。

杨奎一家人看到儿子，愣了半晌，儿子向他们说了几句话，他们好像一下子全都记起来了，大声说："哎呀，你真是当年那个大城市里来的大学生呀？没想到这辈子你还会到我们村里来！还能再见到你！"一家人全都涌到门口来迎接，杨奎的老婆急忙用身上的围裙把凳子擦了又擦，这才递给儿子与我坐。

"今天贵客到我家来，真是天大的喜事呢！来我家有啥好事呢？"杨奎的声音因激动有些颤抖，他拿出香烟递给我与儿子，又缩回手去，"我这烟差，你们怕是不抽吧。"

"叔，说哪的话呢，我不抽烟的，我爸也不抽。"儿子连连摆手，"今天专程带我爸到你们村来，是来找鸟叔的，可我们刚才去了鸟叔家，没找着人，鸟叔是不是搬城里去住了？"

"找他？你们找他干什么？"杨奎睁大眼睛看着我们。

"我想请他帮我爸找只八哥。""对！对！我的笨笨回家来了，问问他看到没有？"儿子话音刚落，我急忙插嘴。

"找八哥？"杨奎眼里闪过一丝慌乱和惊恐，比我的笨笨还胆小，我的笨笨看到陌生人都不会这样。

"是呀，当初我在这里的时候，这里的八哥不是最好、最多的吗？鸟叔不是靠卖八哥发财了吗？"

"就是！就是！每个人都说我家笨笨是最好的八哥！"我又接住了儿子的话头。

杨奎大力地吸着烟，好像他跟烟有仇一样，就是不回答我们。

"鸟叔是不是搬进城里去了？你告诉我们地址，我们自己去找。"儿子见他半天不说话，只得再次问他。

"去什么城里哟……"杨奎低下头，又不说话了。

"到底出什么事了？"要是我还像我儿子那样年轻力壮，我早就跳起来了。

杨奎把手里燃尽的烟头丢掉，慢腾腾地又点着了一根烟，嘬着嘴深吸了一口，然后把烟子从鼻孔里呼出来，烟雾弥漫了整间屋子，他却依旧一个字不肯说。

我眼巴巴地看着他，我不知道要怎么样他才肯告诉我们，我只能眼巴巴地看着他。

燃起第三根还是第四根烟过后，他终于开口说话了。

"鸟哥十八岁外出打工，十年下来，没别的本事，不知从哪里学会驯八哥，每年都有各地的人专程到他家里买八哥。你们也看到他那幢非凡的房子了吧？那都是卖八哥的钱盖的。"

"这个我知道，我儿子都告诉我了。鸟哥到底去哪里了呢？"我吃力地站起来，我这腿，多坐一会儿就像老伴做的年糕一样，会变硬。等我再次坐下，杨奎才又接着往下说。

"这些年，他几乎捉光了方圆几十里的小八哥，老八哥找他寻仇来了。以前我们这里闭着眼都有可能撞到八哥，可现在你看看，八哥的影子都看不到了，全都飞走了。"

"寻仇？八哥那么乖巧，那么可爱，怎么可能？再说了，小小的八哥如何寻仇？这不是编聊斋吗？"我兴致大减。

又眯着眼睛慢腾腾地吸了一大口烟，杨奎接着讲了起来：

"鸟哥驯鸟真是神了，经他驯练好的小八哥，放出去会自己飞回来，大八哥都留不住。有时他带着一群小八哥出门，就像带着一群会飞的娃娃，一个个全跟着他说话，那时候可把我们羡慕死了，也有好些人去向他学手艺，可他一个也不肯传，每个去拜师的人都是得到同样一句话：教会徒弟饿死师傅，傻子才教徒弟！

"那年冬天鸟哥搬进新房子，杀了三头大肥猪，请我们全村人吃了整整三天，他把剩下的肉做成腌肉挂在防盗窗内。鸟哥专门用了二楼的两间空屋子来挂鸟笼，两间屋子满满的全是他捉来的小八哥。那天早上，十几只八哥穿过防盗窗，飞进鸟哥家里救小八哥，它们用嘴叼起鸟笼，想从防盗窗里飞出去，可鸟笼太大，根本没法穿过防盗网缝隙，嘈杂的叫声惊动了鸟哥，他拿起一根竹竿追打八哥，八哥扑腾着翅膀从窗口惊惶飞逃，可是有两只大八哥不管鸟哥怎么追打，死死地咬住笼子不放，小八哥在笼子里不停地扑腾，拼命把头伸出笼子，无奈被笼子困住了身子，一声声悲惨的鸣叫声撕心裂肺。鸟哥挥动竹竿，两只大八哥立刻被击落到地上，笼子落在它们身边，小八哥重重地摔在地上，它绝望地睁大眼睛，拼尽最后一丝力气向父母扑过去，铁笼子无情地把它挡在父母面前，这拼命一扑，要了它的小命。鸟哥打开笼子查看小八哥的伤势，刚刚来到世间三四天的小八哥已经命赴黄泉。可惜了！可惜了！鸟哥无比心疼地捧起小八哥，小八哥静静地躺在它的左手心，鸟哥抻出右手食指，在小八哥白玉般的小嘴上轻柔地摸了又摸，哀叹道：可惜了！就凭这白玉嘴，能多卖二百块！接着他又提起小八哥黄澄澄的小爪子，小八哥身体倒了过来，小脑袋垂向一边，带着血迹的翅膀向两边散开，鸟哥的眼眶里有些潮湿，声音也变了，这黄金般的小爪子，一看就是招财爪，完了！完了！到手的财都飞咯！飞咯！鸟哥顺手将小八哥丢出窗外。紧接着，他恶狠狠地抓起两只大八哥，扔出窗外。第二天，鸟哥照常去驯鸟，发现挂在防盗窗内的腌肉被八哥吃得干干净净。

"看到光光的骨头，鸟哥眼睛都气绿了。嘿，还跟老子斗上了！难道老子还收拾不了你们这几只贱八哥不成！鸟哥把他大哥家的猫抱回家，饿了三天，然后买了一大块肉挂到上次挂腌肉的地方，抱着猫躲在隔壁屋子里。果然，八哥又来吃肉了，听到响动，鸟哥把猫放出来，饿急了的猫箭一般冲向八哥，一只八哥飞得慢了，被猫抓个正着，猫三两下撕开八哥，掉了一地血淋淋的毛。过了一会儿，十几只强壮的八哥飞进来，这次它们没有去吃肉，而是向猫发起进攻，就在它们冲向猫的瞬间，猫瞅准一只飞在最前面的八哥猛扑上去，八哥急忙展翅飞逃。鸟哥抱着双臂站在门口，兴致勃勃地看着他自己导演的这场战争。约莫过了十分钟，八哥又飞回来了，这次的数目很多，八哥一只又一只争先恐后地从防盗窗里飞进来，猫被这阵势吓着了，喵呜一声想要逃跑，先飞进屋的十几只矫健的八哥迅速冲向猫，对准猫的眼睛一阵猛啄，猫的眼睛很快就被啄瞎了，它喵呜喵呜惨叫着上蹿下跳，更多的八哥飞了进来，鸟哥也被眼前的情景吓着了，他急忙拿起竹竿疯狂地挥向八哥，一只被竹竿击落了，另一只又被击落了，血飞溅在墙上、地上，鸟哥的脸上、身上也全是血。八哥开始向鸟哥进攻，它们以飞蛾扑火的决心向鸟哥猛扑，头上，身上，手上，只要挨到鸟哥就狠狠地啄下去。鸟哥丢掉竹竿，双手在头部四周挥舞，抓到八哥就迅速把它摔到地上，更多的八哥从窗口飞进来，鸟哥的脸上、手上、身上，全都是伤口、血迹，全身上下全是带血的羽毛，八哥们的进攻逼得鸟哥一步步后退，他被身后的什么东西绊倒了，他擦了擦眼睛，原来这是他杀猪时用来烧猪毛的酒精喷灯。天助我也！鸟哥狂吼一声，举着酒精喷灯疯狂地向八哥喷火，蓝色的火苗像恶魔吞噬着八哥，最后，一切归于平静，只有鸟哥站在屋中间一动不动，手中的酒精喷灯依然疯狂地吐着蓝色的火焰，犹如毒蛇的信子，让人毛骨悚然。

"直到酒精完全烧光，蓝色的火焰自然熄灭，鸟哥才扔掉喷灯，喷灯到地上，没有发出预料的重重声响，八哥的尸体托住了这个将它们灭门的魔鬼。

"鸟哥拿出一盘烤肉，再勾一斤烧酒，独自坐在桌子前吃起来，每吃一块肉，每喝一口烧酒，他都会眯着眼睛，似乎刚才大战八哥取得的胜利，这会儿才享受到胜利者的快感。等到酒瓶与盘子都光了的时候，他打着饱嗝，喷着酒气，心满意足地向三楼他的卧室走去。经过刚刚他获得胜利的那间屋子的时候，鸟哥突然听到一声微弱的鸟鸣，他停下来，朝屋子里看了一眼，满屋黑压压的，并没有半点声息。

鸟哥晃了晃头，喃喃自语：醉了，醉了。他摇晃着身体，准备上楼，突然又听到一声悲鸣，比刚才更微弱，更阴森。见鬼了！鸟哥生气地抓起竹竿，照着地上的死八哥乱捅一气。屋子里顿时像下起了黑雪，纷纷扬扬的。似乎有黑色的雪花飘进鸟哥的喉咙了，鸟哥不停地咳嗽，越咳越觉得钻进了喉咙里。鸟哥赶紧闭上嘴巴，退出屋外，他依然能感觉到有东西顺着喉咙在往肚子里滑动，这时他的肚子开始膨胀起来，好像八哥在里面复活了，一下一下地扑腾着翅膀，紧接着他的肚子也痛起来了，像是八哥在里面拼命地啄食。鸟哥不停地抠喉咙，他开始呕吐，不停地呕吐，但肚子里的疼痛丝毫没有减轻，他的肚子这里鼓一下，那里鼓一下，好像八哥要冲破肚皮飞出来，鸟哥的双手慌乱地在肚子上按来按去，越按越快，越按越快，最后终于晕倒在地……

"鸟哥从他的洋楼里跑出来的时候，村里人已经完全认不出他来了，他也不记得自己是谁了，每天都缩成一团，躲在角落里，再不敢踏进他亲手修建的洋楼半步，看到人就飞跑。从那以后，我们这里就再也看不到八哥了。"

我的脑海里显现出那个蓬头垢面的人，那一定是鸟哥了。

从杨奎家出来，我回过头看鸟哥那幢气派的洋楼，我仿佛听到了笨笨绝望的悲鸣。笨笨！笨笨！我大叫着飞奔过去。笨笨的声音更加清晰，它在一声声呼唤着它的爸爸、妈妈。我的腿很不中用，没跑几步，我就摔到地上了。儿子很快跑到我身边，将我抱起来。

"爸，笨笨不在这里，不在这里！走，我们去别处找。"笨笨的声音越来越微弱，越来越细，几乎听不见了，我四处搜寻，看不到笨笨的影子，但我知道，笨笨就在不远处等着我，它一定是想让我去埋葬它的爸爸、妈妈，和它所有的亲人，它跟我在一起这么多年，叫了我老伴这么多年，它一定知道人死了是要安葬到地下的，它一定在不远处等着我去帮它！我拼命挣扎，但儿子死死地抱住我，我丝毫动弹不得，只得拼命大喊，可我发现我无法喊出我想说的话，我拼尽全力喊出的只是重复的爸爸、妈妈，跟笨笨的声音一模一样。

不知道儿子跟杨奎说了些什么，杨奎竟然帮着他硬把我塞进车子里，给我拴上了带子，使我无法起身。儿子迅速启动车子，还把车门车窗都锁死了，无论我怎么使劲都打不开，我只得绝望地大喊，可依然只能重复地喊出爸爸、妈妈，直到我的嗓子沙哑，筋疲力尽，我的声音微弱得只有我自己能听见了。我绝望地趴在车窗上，眼巴巴地看着那幢花园式洋楼，看着笨笨的老家离我们越来越远，笨笨突然追着车子飞过来了，它飞快地扑腾着它的翅膀，由于用力过猛，它的翅膀散架了，一片片黑色的羽毛飘散在空中，我的眼前一片漆黑……

第三只眼

福利院的孩子们听到车子的声音，呼啦啦冲出来，却不靠近，在一堵矮墙边停住了，脖子伸得老长老长，支出一摞脸谱叠在矮墙上，一双双发亮的眼睛探照灯一样在皮卡车上那堆花花绿绿的学习用品上扫射。六岁的明明没有跟同伴们挤，他直挺挺地站在门边，面向同伴，他的眼睛虽然睁得圆圆的，却像蒙了纸的镜子，照不出他的同伴们，也照不出那些漂亮的书包和文具。

跟着这些书包和文具来的，还有一个十岁的小女孩，名叫莹莹。莹莹的家人全部死于一顿丰盛的蘑菇肉片晚餐，因那天她感冒了，几乎没吃饭，成为唯一的幸存者。莹莹一眼就看到跟她弟弟一样大小的明明，她奔到明明面前，轻声问："弟弟，你叫什么名字？"

不是小伙伴们的声音，明明立刻将后背贴紧门槛，双脚收回来，蜷缩在屁股下面，头勾到胸口，双臂将身体紧紧抱住，裹成一只茧。

莹莹仿佛看到了家人全部死亡时的自己，那时天瞬间就塌下来了，只有无边无际的恐惧。莹莹立刻抓住明明的手，连声说："弟弟别怕，我是姐姐，姐姐在，别怕，姐姐陪着你。"

好亲切的声音，好温暖的手啊。明明不由自主地松开手臂，抬起头，反过手紧紧地拉住莹莹，涩生生地叫了声姐姐。

"太好了，从今以后，我就是你姐姐了！我叫莹莹，你叫什么名字？那里有好多新书包、新毛巾，还有笔、文具盒，你怎么不过去挑呢？"莹莹把明明拉起来。

"我叫明明，我是瞎子。"明明怯怯地说。

莹莹这才发现，明明的眼睛虽然睁着，却没有一丝光彩。莹莹说："走，跟姐姐一起去选，好不好？"

"我不去，我是个瞎子，拿书包来干吗？"明明将后背紧紧地贴在墙上。

"谁说眼睛看不见就不能读书了？现在有特殊学校，可以教盲文，专门为看不见的人准备的，走走走，姐姐带你去选最漂亮的书包和文具，等你进了特殊学校，就可以读书认字了。"莹莹把明明拉起来，走向孩子们那边。莹莹给明明选了蓝色的书包和文具，因为她的弟弟最喜欢蓝色。

今天食堂的饭菜很丰盛，吃完饭之后，小伙伴们的肚子全变成了圆圆的球。休息了一会儿，小伙伴们开始跳橡皮筋。明明眼睛看不见，除了吃饭上厕所，只能长时间待在原地不动，像个木头，唯一能与小伙伴们一起玩的时候就是跳橡皮筋和跳长绳。但跳橡皮筋的时候他只能一动不动给他们牵橡皮筋，跳绳的时候也只能像机器一样给他们舞绳。但明明很乐意，就算是一动不动牵橡皮筋、当机器人舞绳，他也觉得自己是小伙伴们中的一员，不再是木头、不再是废物。明明开心地把橡皮筋套在双腿上，等待着小伙伴们开始跳。小伙伴们都想先跳，谁都不想牵橡皮，争执不下，另一端橡皮筋没人牵，莹莹看到明明已经牵上了，默默地走过去把橡皮筋牵上。

"十二个大队响铃铛，战斗英雄黄继光，黄继光，邱少云，他们牺牲为人民。"

这首橡皮筋的歌谣明明早就背熟了，可他不知道这么动听的歌谣是如何用来跳橡皮筋的，他只能通过跳动的橡皮筋感受到小伙伴们在橡皮筋之间飞舞。

终于有一个小伙伴出了差错，该他来牵橡皮筋了。莹莹想让明明先换下来，可明明眼睛看不见根本不会跳，他只能一直牵橡皮筋。莹莹又牵了几次橡皮筋，每牵一次，她都看到了明明脸上的渴望和向往增添了一分。

等到小伙伴们玩累了，莹莹把橡皮筋从明明的腿上取下来，轻轻问他："弟弟，你想不想跳橡皮筋？"

"想！"明明激动地喊了出来，可随即又低下头，轻声说，"不想。"

莹莹把橡皮筋套在两把椅子上，拉着明明来到椅子中间。让明明蹲下，牵着明明的手去碰到橡皮筋，轻轻对明明说："弟弟，跳橡皮筋很简单，虽然你的眼睛看不到，但你可以用手，用腿，用身体的任何一个部位去感觉它，我们老师说过，人除了长在头上的两只眼睛，还有第三只眼，那就是我们的心，我们的手、耳朵、脚，以及身体的每个部位都可以帮助我们的心去看到我们用眼睛看不到的任何事物。所以，就算是眼睛看不到，我们一样可以玩游戏，一样可以读书，可以做很多事。来，姐姐现在就教你跳橡皮筋，你跟着我一步一步学。"

莹莹把明明拉起来，叫他伸出小腿去碰橡皮筋，一边示范一边教。莹莹说："现在，你要在心里记住橡皮筋的位置，然后将右脚小腿抬起来，跨过橡皮筋，让橡皮筋在两腿中间，再收右脚，让右脚的小腿挨到橡皮筋，再将左脚跨过去，两只脚进入两根橡皮筋中间，两只小腿都要挨着橡皮筋，再将右脚跨出来，左脚跟着跨出来。"

就是这两个跨进跨出的动作，明明都险些跌倒，还好莹莹紧紧地抓着他的手，不然他就摔倒在地上了。

"不要怕，慢慢来，姐姐拉着你，不会摔倒的。"莹莹稳住明明的身体，让他再试试刚才的动作。

明明紧紧地抓住莹莹的手，伸出右腿去碰橡皮筋，然后站定，跨出右脚、收拢，左脚跟着跨过去、落地，再跨出右脚、跨出左脚，这一次，他稳稳地站住了。

"太好了，你看，很简单吧？再来，把这个动作做熟练，姐姐再教你将歌谣和动作配合起来。"莹莹抓紧明明的手，把信心和力量传递给他。

一次、二次、三次……第十次的时候，明明放开了莹莹的手，他独自完成了这些动作。小伙伴们全都围了过来，他们不相信什么都看不到的明明能学会跳橡皮筋。

"弟弟，跳一个给他们看。"莹莹使劲握了一下明明的手，然后放开他。

明明迟疑了一下，莹莹赶紧说："别怕，你能行，你完全能做到，刚刚你已经做得很好了。"

又迟疑了一下，明明终于跨出了右脚，然后很顺利地完成了一个完整的动作。

"哇！明明会跳橡皮筋了！"小伙伴们欢呼起来。

明明激动不已，又开始跳起来，第一次，这是他第一次听到别人为他欢呼。

这下，小伙伴们都当起了老师，几个小伙伴唱歌，几个小伙伴指挥明明跟上歌谣的节拍：

"'十二个大队'，先用右脚点一下地，再跨进去。"

"'响铃铛',再点一下右脚,左脚跨进去,右脚跨出来,左脚跟着出来,第一节结束。"

"'战斗英雄',再右脚点地,跨进去。"

"'黄继光',再点右脚,左脚跨进去,右脚跨出来,左脚跟着出来,第二节结束。"

"'黄继光',开始第三节,'邱少云'第三节结束。"

"他们牺牲为人民",第四句歌谣结束,明明顺利完成了全部动作。

"明明会跳橡皮筋喽!明明会跳橡皮筋喽!"

两个小伙伴把橡皮筋从椅子上取下来,这一次,破天荒没有发生争执,两个小伙伴主动牵好了橡皮筋,其他小伙伴把明明拥到了最前面,让他第一个跳。

这一天,是明明过得最快乐的一天。晚上,明明做了一个梦,梦到自己背着书包跟姐姐一起去上学了。

学会了跳橡皮筋,莹莹开始教明明跳绳,她先自己舞绳,让明明站在她面前带着他跳,一个星期之后,明明完全可以凭借绳子落地的声音准确无误地与莹莹一起跳绳了。

莹莹开始教他跳长绳。

"唐僧骑马咚那个咚,后面跟着个孙悟空,孙悟空跑得快,后面跟着猪八戒,猪八戒耳朵长,后面跟着个沙和尚……"

有了跳短绳的经验,明明很快便学会了跳长绳,虽然长在他头上的两只眼睛看不到,但莹莹启动了他的第三只眼,他的耳朵根据绳子舞到地上的声音，准确无误地指引着他按照歌谣的节拍在飞舞的长绳间弹跳自如。

明明这么快学会跳橡皮筋和跳绳，那其他游戏也应该能学会，莹莹决定教明明学会踢毽子。

"一颗豆子圆又圆，推成豆腐卖成钱，人人说我生意小，小小生意赚大钱。"

可是，踢毽子不比跳绳跟跳橡皮筋那么简单，必须得手脚配合，如果看不到，毽子抛到空中后怎么可能接住呢？毽子从空中落下时，也不会有声音，没办法用耳朵来辨别方位。

无论明明怎么努力，他都没有办法用脚接住抛到空中的毽子，一个字还没唱完，毽子就掉到地上了，根本没办法踢完一句歌谣，更别说踢花样了。

直到吃晚饭的时候，莹莹还是没有想出用什么办法来让明明学会踢毽子。

明明情绪低落，虽然今天晚饭有他最爱吃的韭菜炒鸡蛋，他却丝毫没有兴趣。院长给明明夹了好多韭菜炒鸡蛋到碗里，哄他吃："明明，你闻闻，这是你最爱吃的韭菜炒鸡蛋，特别香，闻一下，是你最爱吃的味道。"

"对呀，看不到，听不到，摸不着，还可以用鼻子闻！明明，快吃饭，吃完饭好好休息，姐姐明天带你出去玩新东西。"莹莹说。

明明一听明天可以出去玩新东西，立即开心起来，大口大口地把鸡蛋塞进嘴里。

明明兴奋得一整晚没睡着，等到鸡叫三遍，他知道天快要亮了，便爬起来，走到莹莹的房间门口等她。

起床后，莹莹便带着明明出了福利院，福利院门口有一棵大大的桂花树，树上开满了桂花。莹莹把桂花折下来，缝到一个小口袋里，做成桂花沙包。让明明把沙包轻轻丢到空中，再根据沙包的香气用手接住。这是明明从来没有玩过的游戏，但是，院子里全是桂花的香气，明明根本没办法根据桂花沙包的气味判断它的位置，根本接不到抛到空中的沙包，就算只丢到空中二十厘米，沙包还是会掉到地上。

看来想要靠气味来玩沙包还是不行。

莹莹闭上眼睛，先自己练习抛，突然发现：原来抛沙包不仅是眼睛看，跟抛沙包的力度也有很大关系，如果力量大了，沙包就会抛得很高，也不好掌握落下的方向；如果轻轻抛，抛得低，就很好估计下落的时间和位置。力量和节奏配合好了，沙包就会乖乖听话，想它抛起来就抛起来，想它落到哪里就会落到哪里。掌握了这个技巧，莹莹就先让明明原地练习抛沙包，耐心地给明明打气："不要着急，慢慢来，你先站稳，用脚将沙包轻轻地抛起来，抛慢一点，低一点，这样你就能接住了。你要想到，你有第三只眼睛，你一定能够做到。"

经过反反复复的原地练习之后，明明终于能接住了。"姐！姐！我接住了！我接住了！"明明高兴得大叫起来。

到吃午饭的时候，明明已经能够熟练地抛沙包、接沙包了，只是还不能连续抛，只能抛一下、接一下，不能连续抛第二次。但这对于明明来说，已经是天大的胜利了，从他有记忆开始，他的玩具便只有一只抓着葫芦的老鹰木刻，这是院长妈妈交给他的，说这是在他的襁褓里放着的，是父母留给他的东西。老鹰的肚子上刻着他的名字和生日。以前，除了偶尔给小伙伴们牵牵橡皮筋，所有的日子都是这只抓着葫芦的木头老鹰陪他一起度过，老鹰的头、翅膀、爪子、背、腹部、它抓着的葫芦，只要能触摸到的地方都被明明摸遍了，翅膀，爪子这些棱角分明的地方也变得光滑了。这只老鹰，是他对爸爸妈妈唯一的念想，虽然他知道自己是被抛弃的孩子，但他依然特别特别想念爸爸妈妈。他常常在夜里做梦，梦到自己骑到老鹰背上，找到了爸爸妈妈。但他从来没有梦到过，自己也能跟着小伙伴们跳橡皮筋，也能跟着他们一起跳绳，还能用脚接沙包……

吃完饭后，明明立刻拿着沙包踢起来，他知道，只要学会踢沙包，总有一天也能学会踢毽子，学会了踢毽子，姐姐一定还会教他很多很多东西，等他学会了很多很多东西，爸爸妈妈说不定就不再嫌弃他了。

莹莹拉着他又往外面走，明明快乐地跟在后面，开心地问："姐，你是不是又要教我玩新的游戏？"

莹莹弯下腰扯了一棵青草，送到明明鼻子前让明明闻，要明明记住青草的味道，然后又扯了一棵葱，让明明分辨它们不同的气味。

"这是草，这是葱，姐，我知道了，你是要让我用鼻子来认识它们。"明明拿着草和葱开心地叫着。莹莹说："对，每一种花草树木都有它自己不同的气味，你再摸摸，说说它们除了气味不同还有什么区别。你只要记住它们的气味，形状，你就能认识所有的花草树木。走，姐带你去认识美丽的世界。"

走着走着，明明突然站住，问："姐，前面是不是有桂花树？"

莹莹左看右看，并没有看到，说："你弄错了吧，应该是我们福利院那棵桂花的香味飘过来了，在我们后面，不是前面。"

明明转过身，静静地嗅了一会儿，又转过身子，一丝凉风吹过他的脸颊，深吸了一口气，一股淡淡的桂花芳香沁入他的心底，他笃定地说："姐，不是我们福利院的桂花，风是从我们前面吹过来的，一定是前面的桂花香。"

"真的？那我们过去看看就知道了。"莹莹拉着明明快步向前走。

转过一道弯，一棵茂盛的桂花树映入眼帘。

"姐，就是这里，香味就是从这里发出来的！"明明开心地叫起来。

"明明，你的第三只眼开了！你能看到姐姐都没看到的东西呢！这棵桂花树比我们福利院里的还要大！我都没有来过这里，要不是你，我都看不到呢！这是你发现的桂花，奖励你一枝。"莹莹折下一枝香喷喷的桂花放到明明手里。

开学了，明明太小，院长说等他七岁了再送他到特殊学校去上学，莹莹也不能天天陪明明去看世界，但现在明明不再天天缩在角落里玩木头老鹰了，他每天都从福利院走到那棵他自己发现的桂花树下，沿路折下一些花草树叶，仔细分辨它们的气味，用手去感知它们的形状，然后拿回福利院，等莹莹放学，向她确认它们的名称。

一个月过后，明明已经能够准确辨认十几种植物的气味和形状了，还学会了踢毽子，他完全融入小伙伴们的游戏中，再也不是只会牵橡皮筋、舞绳的木头人了！莹莹的到来，让明明的世界重现光明。

可是，好景不长，那天福利院来了两个城里人，他们看中了乖巧可爱，品学兼优的莹莹，要收养她。这对于莹莹来说，无疑是天大的好事，她可以再次拥有家庭，拥有父母亲人的关爱，拥有失去的一切。

莹莹舍不得离开明明，可是她也向往再次拥有一个幸福的家。后来，她的养父母说莹莹可以经常来福利院看明明，明明也可以去家里玩，莹莹便依依不舍地离开了明明。

明明没有哭，他将莹莹送出去很远很远，他默默地记住经过的每一个拐弯，每一步石阶，每一种气味，最后，他拉住莹莹的手，坚定地说："姐，有一天，我一定会自己找到你，我一定会看清美丽的世界。"

两个孩子一点都没有哭，大人们的脸上淌满了泪水……

明明依旧每天走到桂花树那里去，依旧会折不同的花草树叶回来，院长代替莹莹每天帮他确认各种植物的名称，现在明明已经认识几十种植物了。

一天早上，院长给明明换上了新衣服，说今天是他的七岁生日，过了七岁，就可以去学校上学了。

明明穿着新衣服，背上莹莹给他选的书包，再次来到桂花树下那里，这次，他没有在桂花树下停留，他用指路棒一点点探着向前走，因为从福利院到桂花树下的花草树木他全都熟悉了，他想了解更多。

走着走着，突然听到前面有动静，像是有人在哭。明明停了下来，仔细聆听。

哭声哽哽咽咽，伴着低低的哭诉，听不太清楚，明明忍不住向前移动。

声音清楚了，明明停下来，靠边站住。

"儿啊！妈妈当年将你丢下已经快七年了，你那时那么小，还生着那么重的病，眼睛看不见，家里也没钱给你治病，所有的人都说你已经死了，叫我放弃，找个好地方将你埋了，但我能够感觉到你的心脏还在跳动，我怎么能够将还活着的你埋到冰冷的地下！我知道福利院的院长是个特别好的人，所以将你抱到福利院门口，不知道你还在不在人世，妈妈不敢也没有资格去看你，但我相信老天爷一定会保佑你，让你健健康康长大的。虽然你眼睛看不见，但老天爷会看到的，她会看到我每年给你栽的一棵松树都长得好好的，你也一定会像这些松树一样长高长大的。当初，我是亲眼看着好心的院长将你抱起来我才离开的，她一定会将你救活的，只要你能活下来，就算将来你怨恨妈妈一辈子，妈妈也心甘情愿……"

这是谁的妈妈，这么爱她的孩子，明明听得入神了，如今莹莹姐姐又有了新的爸爸妈妈，而自己，连爸爸妈妈是什么感觉都不知道。他一直躲着，直到那位妈妈离开后，他才走过去，前面是一块很平的地，明明一步一步地挪动，他手中的引路棒帮他找到了七棵树，有一棵树应该是刚才那位妈妈才栽的，树周围的泥土湿润松软。这棵树只有明明的手臂那样粗，明明轻轻地摸了摸树干，准备离开，他舍不得折下这棵小树的叶子。他的头被一样东西碰了一下，他伸手一摸，竟然是一只木刻老鹰，跟他的那只老鹰一模一样，也抓着一只葫芦。怎么会这样？明明把老鹰取下来，立刻往回走，虽然他确定这只老鹰跟他的那只老鹰一模一样，但他不敢相信这是真的，他要立刻回去，让院长妈妈来确认。

院长拿着两只木刻，非常吃惊，这确实是两只刻得一模一样的老鹰，而且都清楚地刻着相同的名字和相同的出生年月日。院长说："明明，你在哪里找到的这只老鹰？这是尧上仡佬族信奉的葫芦鹰，是不是你的父母来找你了？"

"院长妈妈，我是你捡来的吧？你捡到我的时候我多大了？我那时候是什么样子？"明明没有回答院长的话，却不停地问。

一定是发生什么事了！明明从来没有问过自己的身世，为了不让他伤心，院长也从来没有跟明明说起过捡到他时的情景。看来，是该告诉他真相的时候了。院长说："当时你才五个月大，身体很虚弱，眼睛一直闭着，不吃奶、不喝水。我将你抱到县医院儿科去才知道你是先天失明，还得了脑膜炎，生命垂危，连医生都不敢保证能将你治好，谁知道你却奇迹般地痊愈了……"

晚上，明明做了一个梦，梦到自己还是几个月大的孩子，躺在妈妈的怀里吃奶，妈妈的怀抱好温暖好温暖……

绿豆粉

"我要吃绿豆粉。"吴妈昏迷三天后，醒来的第一句话就是要吃绿豆粉。

吴妈颅内肿瘤手术失败后，医院下了病危通知书。老大昌繁老二昌荣开始收拾吴妈的东西，准备将吴妈带回家。吴妈抓住老大昌繁的手，嘴里急切地嘟囔着，昌繁低下头，将脸贴到妈脸上，耳朵靠近妈嘴巴，这才勉强听到妈说不回家，要等老三。吴妈的三儿子昌盛在广东打工，还没赶到。

"妈担心见不到老三了，要不我们就让妈在医院待着？"老二昌荣将大哥拉过来，凑近大哥耳朵低声说。

昌繁点点头，俯下身，轻轻对妈说："妈，我们就在医院，不回家，我们等老三回来。"吴妈没回话，但她脸上的表情明显舒缓了，她闭上眼睛，好像闭上眼睛黑白无常就看不见她，无法向她索命一样。重症监护室内，昌繁昌荣两兄弟寸步不离地守在妈身边，一会儿看看心率监测仪，一会儿看看氧气管，生怕妈一不留神就被鬼差带走了。吴妈闭着眼睛好半天没动静，昌荣忍不住摸了摸妈的手腕，看看脉搏是否还在跳动。而吴妈则会在某个时候突然睁开眼睛，看一眼大儿子，再看一眼二儿子，停住，却不说话，随后再次闭上。

小儿子昌盛终于回来了，那时是凌晨四点，吴妈看到小儿子，眼睛明显比以往睁得更大，像受了极度惊吓的样子，她伸出手去摸昌盛的脸，手在半路垂下来，昏过去了。

吴妈再次睁开眼睛是三天后，昌盛听到妈要吃绿豆粉，拔腿就跑出去，十来分钟就端来一碗热气腾腾的绿豆粉，羊肉馅的，那满屋飘香的羊肉香味不用问就知道必定是在医院外二百米处原汤羊肉粉馆买的。只有他家的原汤羊肉粉才有这特有的浓浓的香味，不过如果不吃羊肉，会被这股味熏得想吐的。吴妈当然不会吐，她从小就喜欢吃羊肉，那时羊肉金贵，只能偶尔到原汤羊肉粉馆去吃一碗羊肉粉解馋。可今天吴妈一闻到羊肉味，就皱着眉叫拿开拿开，她说要吃自己家的绿豆粉。

"你卖了几十年绿豆粉，自己家的还没吃腻呀！这是你最爱吃的羊肉粉，我还特意给你加了羊肉，吃吧。"昌盛把碗端到妈面前，引诱她。

"不吃，不吃！拿走！"吴妈索性闭上了眼睛。

"妈，你已经几天没吃东西了，医生说只能吃流食，我回去给你熬稀饭吧，老三刚刚回来你就昏迷了，这几天他一直守着你，让他休息一下吧，啊？"昌繁转身准备回家。

"回来，让昌盛去，就要绿豆粉。"吴妈声音很小，却字字咬着劲。

"好！好！我去，我去，老佛爷别动气。"老三嬉皮笑脸的，吴妈就吃这一套，脸色瞬间舒展了。

昌荣把钥匙递给昌盛，附在他耳边说："去我家，我家里有绿豆粉，猪肉臊子也有，你二嫂早上刚做好的。"约莫一个小时，昌盛就提着保温饭盒来了。

谁知吴妈却把眼睛闭上，理都不理。

"哎哟，我的老佛爷，老神仙，这是我刚从家里煮来的，您就赏个脸，吃一口吧。"几天没睡，昌盛的眼睛红得像兔子一样，他把绿豆粉端到妈面前，用筷子夹起几根绿豆粉在妈鼻子跟前晃。

"拿开！这不是我家的粉，也不是我家的五花肉软臊！你别以为我快死了就来蒙我！"吴妈把脸转到另一边去。

"妈，您将就吃一口吧，我家的绿豆粉虽没你做得好吃，但你做的绿豆粉，软臊都是当天做当天的，哪天不是卖得精光？这会儿您让老三上哪儿给您弄去？"昌荣把老三手里的饭盒拿过来，凑近妈面前。

"我老了，你们三个合起伙来欺负我，我要吃一碗自己家的绿豆粉都做不到，我养你们干吗了？白眼狼！"吴妈一抬手，将饭盒打翻在地。

"妈，你干什么？这也不吃，那也不吃，到底要怎样啊？"昌盛气鼓鼓地坐下。

"三，这可能就是妈生前最后的愿望了，妈给我们做了一辈子，你就回去帮妈做一次，啊？"昌荣把昌盛拉到一边，轻轻跟他说。

"我去，我去，我没说不去呀，这老太太，年纪大了，脾气也见长啊！"昌盛站起来，回家去了。

吴妈的犟脾气是出了名的，就连她起家卖绿豆粉，也源于她的犟脾气。刚结婚那年腊月，吴妈怀上老大，每天晚上都要吃夜宵，有一天她突然想吃娘家做的绿豆粉，可她娘家在乡下，好几十里地呢。街上有卖绿豆粉的，可吴妈偏要吃自己家做的，要吃干绿豆粉蘸辣椒。她男人杨有德只得自己到街上买了绿豆，用柴锅给她烙了好些绿豆粉，吴妈调了水豆豉辣椒，撕下一块刚出锅热腾腾的绿豆粉蘸一下，那味道，又香又辣，身上每一个汗毛孔都被唤醒了，这就是过年的味道，吴妈感觉自己并未出嫁，又回到了家里，又是可以在妈面前自由自在的小姑娘了。杨有德把多余的绿豆粉晾在竹竿上，然后切成丝，吴妈再想吃的时候，他就烧水给吴妈煮了，拌上猪肉臊子，还给她熬一壶热腾腾的豆浆。吃完干拌的绿豆粉，再喝一碗豆浆，吴妈渐渐觉得嫁人离开亲人不再是悲伤的事情，怀小孩的各种不适也没那么可怕了。有时亲戚朋友走温塘从他家门前过，吴妈便热情地招呼他们吃一碗。老这样白吃，那些亲戚朋友自然不好意思，便怂恿吴妈卖粉，这样他们花钱买，吃着才心安。吴妈怀着孩子干不了重活，卖粉倒是个不错的主意，说干就干，吴妈把一楼靠厨房那间屋子收拾出来，摆上两张方桌。赶场天一大早杨有德就去买了五花肉炒好肉臊，粉馆就开张了。开始只是亲戚朋友照顾生意，后来客人逐渐多起来，每天走温塘的人特别多，洗完澡肚子饿了，来一碗绿豆粉、一杯热腾腾的豆浆特别爽。她卖的绿豆粉只加软臊、酸菜，外送一杯豆浆，没有其他肉类，曾有人建议她增加辣鸡、牛肉、肉末等品种，吴妈却只卖五花肉软臊，四十年来从未变过。那年大天干，粮食减产，大米和绿豆的价格嗖嗖往上长，很多人用洋芋代替绿豆做绿豆粉，为了增加颜色，又加些青菜，做出来的绿豆粉竟然与真绿豆粉难以分辨，只有吃到嘴里才感觉得出少了绿豆的清香，自然也没了清肠消暑的功效。绿豆价再高，吴妈却一点都不掺假，每天依然把货真价实的绿豆放进米里，做成绿豆粉，也不提价。这样一来，利润自然少了许多，三个儿子从减少的零花钱就知道妈赚的钱少了。他们都向妈出主意，要妈也用洋芋和青菜兑米来推绿豆粉。吴妈敲了他们一响指，瞪着眼说："我卖的是绿豆粉，不是洋芋粉，做人首先要实诚，绝不能自己打自己的脸！"这一年过年，吴妈没像往年给三个儿子买新衣服，年夜饭也比往年少了好多好吃的，她赚的钱仅仅够他们的书杂费。

"妈，你这样做生意我们三个要饿死的！"昌繁、昌荣、昌盛都反对妈再这样卖真正的绿豆粉。可吴妈没管他们，一颗洋芋也没掺进去。没想到第二年，吴妈的生意突然就火了，每天都有人排队来吃绿豆粉，桌子不够了，吴妈把一楼全摆上了餐桌，每天依然坐得满满的，吴妈推的米和绿豆翻了一倍，总是不到中午就卖得一干二净。三兄弟的零花钱又多了，新衣服也穿到了身上。

吴妈的老伴在小儿子昌盛三岁那年就去世了，吴妈没改嫁，一个人靠卖绿豆粉把老大老二供到大学毕业，还娶了媳妇。老三最聪明，却也最调皮，他没考上大学，他拿着吴妈给他的补习费去了广东，开始了自由的打工生涯。打了十年工，不但没有荣归故里，连个女朋友都没找到。吴妈的粉馆并不起眼，就在温泉旁边，当地人泡温泉不叫泡温泉，叫走温塘。粉馆就开在她自家的房子里，是当初她结婚时的新房，一楼一底。昌繁、昌荣、昌盛三兄弟都是在这幢房子里长大的。昌盛到肉市买了五花肉、姜、葱、蒜后，便往家里赶。打开门，一股灰尘直往鼻孔里钻。屋里桌子凳子摆得整整齐齐，厨房里也整整齐齐的，只是都上了灰尘。妈是爱干净的人，哪能容得下这么多灰尘！昌盛立刻打来水开始打扫卫生。

打扫完卫生，昌盛才开始动手做绿豆粉。小时候昌盛三兄弟经常给妈打下手，所以做绿豆粉的工序他们都会，只是这十年来昌盛一直在外面漂，再没亲手做过。

妈做绿豆粉的工具一直沿袭着祖祖辈辈的手工程序，唯一变化的是手工石磨换成了电磨，但磨盘还是石头做的。电磨是昌繁给妈定制的，磨盘仍然是石头，不再用手工推，换成了电力带动。妈说只有石磨磨出来的绿豆粉，才能保持老杨家绿豆粉的原汁原味。县城里好多卖绿豆粉的都安装了电烙盘，绿豆米浆倒进电烙盘，电源一开，两分钟就熟了，节省很多劳力和时间。有的人家安装好几个电烙盘，每天可烙几百斤上千斤绿豆粉，配送到县城各个宾馆、粉馆。卖早餐、夜宵的粉馆便不再亲自做绿豆粉，省时省力。妈却固执地用柴火烘焙绿豆粉，也不做多，只做一天粉馆需要的数量，且只卖早餐。剩下的时间她得去市场买新鲜的五花肉，准备第二天的绿豆粉，五花肉软臊是用调料腌制后清晨炒好，当天卖完，豆浆也是新鲜的，绝不隔夜。

将绿豆与米按1∶3的比例配好后，昌盛启动了电磨。很快，绿白相间的浆就从石磨里缓慢地流出来，昌盛一勺一勺地往磨心里舀拌好的绿豆米，磨槽里的绿豆浆渐渐多了，一溜溜地顺着槽口流进桶里。昌盛突然生出许多悲哀来：妈这四十年的光阴，就是被这磨盘一点一点磨没的。

从小吃到大妈做的绿豆粉，昌盛细细回想，从未给妈做过一餐饭。现在，他想抓住这最后的机会，好好为妈做一次她钟爱的绿豆粉。

磨完绿豆粉，昌盛又磨了一点豆浆放耳锅里煮上，开始烙绿豆粉。

柴火灶旁边整整齐齐码放着木柴，这是妈从木柴加工厂买来的，另外还有一大袋锯末。烙绿豆粉最重要的是火候，火大了很快就糊了，火小了烙不好，影响绿豆粉的口感。而这锯末就起大作用了，铲一铲锯末洒在灶两边，等锯末燃起到熄灭，一张圆圆的绿豆粉刚刚烙好，呈黄绿色，从锅里捞起来往竹竿上一晾，等到自然冷却过后再卷成卷，切成丝，就成了。

昌盛将柴火烧燃，洗了手，在铲柄上套上雪白的棉布袖套，这是妈专门准备好放在橱柜里的。妈说白色的看得见脏不脏，进嘴的东西，必须干干净净。铲一铲锯末进灶后，昌盛在锅上刷一层油，赶紧往锅里舀浆，舀浆也是有讲究的，半瓢浆慢慢顺着锅沿转一圈，刚好倒完，再用一把木平板将浆液抹匀，铺满锅底，迅速盖上锅盖，两三分钟后，一股香味从缝隙中冲出来，昌盛急忙揭开锅盖，刚才的浆液变成了圆圆的一张绿豆粉皮，欢快地冒着热气。昌盛用锅刷按住绿豆粉皮，轻轻旋转，然后往上一带，绿豆粉皮就到了锅刷上，再将绿豆粉皮晾到竹竿上，开始烙下一张。磨的米不多，烙了三张粉皮就没了，每张粉皮有两斤左右，妈怎么吃都吃不完的。

看着热腾腾的绿豆粉皮，昌盛就想起小时候，他们哥三个总是等不到妈将它撕成丝下锅煮就开吃。妈会用水豆豉给他们调一碗辣椒水，撒上葱花、姜末、蒜末，再滴两滴木姜子油，那香味，足以喂饱他们每一个馋涎的细胞。

昌盛咽了咽口水，开始切五花肉。他按妈平时切的那样，将五花肉切成约两厘米见方的肉块，放锅里炒熟，炸去多余的油，待五花肉变成焦黄色后就放上花椒盐入味。

一切准备就绪，昌盛往锅里加了水，让它烧着，趁这空档切绿豆粉和姜葱蒜。姜葱蒜是妈的三大法宝，妈不喜欢加那些奇奇怪怪的佐料，她说有这三样足够了。

水烧开后，粉丝放进去捞两转就放进碗里。绿豆粉不加汤，且不用酱油，而是用自制的甜面酱，加入软臊、葱花、姜蒜末、木姜子油和盐，当然，还得加点酸菜，酸菜也是妈早就备好的，昌盛拿出来切细，放碗里拌匀就可开吃了。昌盛尝了一口，爽翻了，他都被自己感动了，不敢相信这是自己的手艺。

将绿豆粉和豆浆打好包，昌盛打的匆匆赶往医院。

"妈，快点，快点，尝尝你儿子亲自给你做的绿豆粉。"昌盛一进病房就嚷开了，好像要向全世界宣扬他的高超手艺。

妈睁开眼睛，看了一眼昌盛端过来的绿豆粉，失望地闭上眼睛。

"妈，这回真是我亲手烙的粉、炒的软臊，豆浆也是刚煮的，没骗你，谁骗你就不是你生的！"昌盛急了，说话像放鞭炮。

昌荣接过饭盒尝了一口："好吃！好吃！妈，真的，就是您做的那个味！您尝尝，好吃极了！"

"呸！你看你那个粉，断成一截截的，一点劲道都没有，还有那软臊，你用甜糯米酒和花椒盐先腌过了吗？"妈闭上眼睛不再说话。

"妈，您这回是铁了心要折磨我是吗？"昌盛四仰八叉倒在病床上。

"哥！哥！不好，妈的血压和心率又下去了！快没了！"昌荣着急地喊道。

"妈，您别生气，我马上回去重做，重做！"昌盛弹起来，蹲到妈面前，紧紧地握住妈的手。

昌繁赶紧呼叫医生，几个医生过来了，立刻给妈做心肺复苏。半个小时过后，妈的心率再次上升，逐渐稳定了。

"妈，您等着我，一定要等着我，我这就回去给您重做！"昌盛将妈的手放到自己脸上，使劲按了按，快速走出病房。

昌盛将米和绿豆泡好，开始腌五花肉。豆浆和姜葱蒜都还有，接下来就是漫长的等待。以前妈都是提前将米泡好，五花肉也要腌几个小时。昌盛走上楼，楼上两间卧室一个客厅，小时候大哥二哥睡一间，他一直跟妈睡一间。爸死得早，听大哥说爸是去米市坝买米回来的路上摔死的，妈做绿豆粉的米都是爸去米市坝买的本地米。杂交米带糯，做出来的绿豆粉一煮就烂，泡得再好都不行，少了本地米那种劲道。那时昌盛才两岁，对爸爸没什么印象。后来妈专门定了一家农户的米，每隔三五天他就送一次，省了妈许多力气。

吴妈生了两个儿子后就做了绝育手术，没想到老大昌繁十二岁那年又怀上了。吴妈两口子开心得不得了，巴望着能生个女儿，没想到又是个儿子。儿子他们也开心，取名为昌盛，他们家繁荣昌盛，圆满了！

妈的房间里那个大箱子一直在，昌盛知道那里面是他的小衣服和玩具，昌盛脚下再无弟弟妹妹，穿不了的衣服妈舍不得丢，也舍不得送人。昌盛每样玩具都好好放着，坏掉的都还在，妈说看到这些小衣服和玩具就会想起他小时候可爱的模样。

昌繁和昌荣考上大学后离开家，结婚后又都各自有了新家，昌盛高中毕业就到外面漂着，这么多年，竟是这箱小衣服和玩具不离不弃地陪着妈……

打开妈的衣柜，里面只有简单的几件换洗衣服，昌盛将脸埋进衣服里，衣服散发出洗衣粉的香味，闻不到妈的味道了。

不知不觉天就黑了，昌盛开始磨浆，浆不停地流出来，他的泪水也不停地流出来。

昌盛将腌好的五花肉放锅里炒，五花肉在油锅里嗞嗞响着，糯米酒的醇香扑面而来，不一会儿就焦黄了，昌盛夹一颗放嘴里，外焦里嫩，软软的，完全不似他前面炒的那般又干又硬，每咬一口，香味就喷薄而出，充塞整个味蕾。这才叫五花肉软臊！

带着绿豆粉走进医院，刚到病房门口就被一个老头子拉住："小伙子，你这是温塘门口吴妈绿豆粉？我一闻这味就知道，全城只此一家！你在哪儿买的？我好多天没吃到了，天天洗完澡去她家粉馆都关着门，是不是搬家了？之前没听她说要搬家呀！"

"哦，没搬家，她生病了，过段时间她好了再卖。"昌盛的眼泪又涌出眼眶。

"病了哇？那得赶紧让她好起来，吃了几十年，突然吃不到她煮的绿豆粉，心里没着没落的！"老头子摇着头走了。

"妈，绿豆粉来了……"昌盛说不出话来。

妈睁开眼睛，满满的全是惊喜。但那抹惊喜只停留了几秒，慢慢就散了。

"妈，妈！"他们都发现了异样，急切地呼喊。

妈的目光再次收回来，缓慢地吐出几个字："我……可……以……去……陪……你……爸……了……"说完眼睛慢慢闭上了。

过了一会儿，妈再次睁开眼睛，看着昌盛急切地动着嘴唇，昌盛急忙凑过去，妈艰难地说："衣……衣……衣……柜……"昌荣看到监测仪上跳动的曲线慢慢变直，最后完全变成了直线。

昌盛在妈的房间，一件一件清理妈的遗物，在衣柜里发现一个存折。妈供大哥二哥上大学，又给他们娶了媳妇，居然还有存款？昌盛打开一看，却是他的名字，里面整整二十万，存折下面还有一本营业执照，也是他的名字，昌盛的眼泪哗地一下冲出来。

竹　咒

　　"汉朝元年栽竹子，汉朝二年竹盘根……竹子将来作何用，将来堂前扎龙灯。"

　　头发花白的龙痴双手合在胸口，毕恭毕敬地在一丛竹子前念诵请竹王的咒语，一撮跟头发一样花白的胡子在胸前令旗一般应声而动，周围一圈燃着的蜡烛应和着他的胡须一晃一晃地闪动着黄色的火焰。龙痴的话还在嘴角没出口，跪在地上举着一根两米长的小荆竹的孙子神保就猴急地爬起来，抓起供奉在竹丛前面青石板上的一块猪头肉就啃。

　　"我的天菩萨！扎龙咒、破竹咒都还没念，人腥未除，你怎么把供品吃了，得罪了竹王，没有竹王附体，毛龙就没灵性了！"

"哼！大公你偷懒，你以为我不晓得，今天请神本来要分三次请的，你想一次就完成，而且你扎的毛龙也是假的，不用竹子，用谷草，竹王才不会来呢！这块猪头肉是竹王剩下的，我把它吃了，你再去拿来，重新供上。竹王高兴了，才会在我们的毛龙上附体。"

"祖宗！你是我老祖宗！我这把老骨头架子不被你拆散架你是不甘心的，要是还能砍动竹子扎毛龙，我求你来这里做什么？"骂归骂，龙痴却没再进行下一个仪式，他一根一根吹灭蜡烛，仅留下一根燃着，给神保照亮。然后像根快要风干的枯枝一样折下身子，似乎能听到枝条断裂的声音，正在担心他的身体真的会折成两截，他却颤悠悠地捡起地上的一根木棍，又折回来，木棍撑起他的身子，如一张无弦的破弓。

"你在这里守着，别让猫猫狗狗们来捣乱。"说完，这张破弓就在一支电筒光的指引下一开一合地向竹林后面的一幢木房走去。很近，也就两百来米的距离，可这张破弓一开一合间不到二十厘米，每开一弓都要喘息几分钟，便无限地拉长了这两百米的距离。等到他再次出现在竹林这里，神保已经靠在竹子根脚睡着了，一只手环抱着烧了炭火的烘笼，许是做了美梦，伸出舌头心满意足地舔了一下嘴角的油渍，露出两个小酒窝。

龙痴没有叫醒他，伸出枯枝一样的手指在烘笼上试了试，还有火气，再摸摸神保肉嘟嘟的小手，暖融融的。他便从怀里掏出新切的猪头肉放到青石板上，划燃火柴，一一将蜡烛点上，又拖长了声音念诵扎龙咒、破竹咒，然后拿出一小块肥皂，仔细地洗了脸和手，将堆在青石板旁边的一小堆稻草点燃，等到有火苗升起来，他便杵了木棍，颤巍巍地从燃起的稻草上跨过，这是必须要做的，必须让竹王看到自己已经在烟火上去了人腥，才有资格舞毛龙。

仪式结束，龙痴这才叫醒神保，要他也去洗脸洗手，并从没燃尽的稻草上跨过，然后举起一尊用谷草扎成的毛龙去水井边进行开光、请水仪式。虽说是用谷草扎成的毛龙，长不到一米五，龙头龙尾各用一截竹棒支着，但龙头全部糊上了彩纸，彩纸上贴满用金箔纸制成圆锥状的"鼓钉泡"，把龙头装扮得目光炯炯、须髯飘飘，看上去也是威风八面。

水井就在竹林旁边十米远的地方，龙痴摆好供品，燃上香烛、纸钱，便念诵起了开光的咒语："净除三尘垢，炉内焚宝香，请神登宝座，证盟来开光。"咒语念毕，龙痴与神保一起跪下，神保高高举着龙头，似乎这样龙的灵魂能更好地附到毛龙身上，毛龙才有灵性，才是真正的龙神。

"开光"结束后是"请水"仪式，一样都不能少，否则龙王神也会将他的恩惠减少。

等所有的祭祀咒语念诵结束，龙痴已经气喘吁吁，好像他的喉咙是一个大风箱，胸口急剧地起伏，正在向外扯风。

"大公，现在我的毛龙是真的龙王神了？"小神保高高举起龙头，"鼓钉泡"在晃动的烛光映照下忽明忽暗，龙须若隐若现地飘动着，再往下看，编扎毛龙的稻草灰暗、干枯，泯灭了毛龙的所有光芒。神保沮丧地垂下手臂，刚刚还威风凛凛的龙头便成了倒栽葱。

"那还用问吗？当然是真的龙王神了！保娃，舞一个让公看看，看看公教你的把式你忘记没有。"龙痴的风箱刚刚止住，他便迫不及待地要神保舞毛龙给他看。

"我不舞，舞得再好也没人看，别人家都到城里找大钱，林子哥哥他们都到城里读书去了，只有你天天要我背咒语，要我舞毛龙。林子哥哥跟我说了，舞毛龙根本没用，等我长到七岁也可以跟他们一样去城里读书，去城里过大年。他说城里的大年那才叫热闹，比我们村舞龙好玩百倍！满大街都是好吃的，好玩的，家家都放烟花，冲到天上的烟花，比天上的星星还要多，还要亮！谁稀罕听你念咒语，看你舞破谷草龙呀！"

"啪"的一声把毛龙丢在地上，神保便消失在黑暗中。

"保娃，保……娃……"龙痴断断续续的呼唤很快就被寒夜吞噬了，吐出来一串连绵不绝的咳嗽声。

咳嗽声消失后，龙痴将猪头肉放进塑料袋里，再用一块方巾包了，揣进怀里。再次用肥皂细细地洗了手，扛起被神保丢在地上的毛龙，眼神如炬，坚定地向着他的老屋走去。等他走到老屋的时候，家里的鸡开始叫起来，继而村里其他鸡也叫了，不多，四五只，那是村里另外几个老头子老太太养的，他们早就养不了猪啊牛啊这些大牲口了，只能养鸡。农村的鸡好养，天宽地宽的，天亮后把它们放出去，天黑前它们会自己回家，抓一把谷子、小麦或苞谷给它们，它们就在你面前撒着欢吃。吃饱喝足了，公鸡时常会在院子里追着母鸡干一场风月之事，老头子老太太们便会露出他们只剩下一两颗作为代表的牙齿乐呵呵地笑，年轻时候许多的快乐出现在眼前，日子一下子就活了……

龙痴家里的灯亮了后就一直没熄。

龙痴原名龙赐，当年他的母亲结婚三年都没怀孕，便在正月十五的晚上偷了村子里抢宝胜利的毛龙的"宝"供奉到神龛上，第二年就生下他，取名叫龙赐。谁想到龙赐在三岁的时候发高烧，把脑子给烧坏了，痴痴傻傻的，人们从此就把龙赐叫成了龙痴。龙痴不能上学，也没有小朋友愿意跟他玩，每天与他相伴的就是家里那头老黄牛，所以过年是龙痴最盼望最开心的日子，因为每年元宵节寨子里都要舞毛龙，他可以跟着玩毛龙的灯队到处跑，这个时候所有的人都沉浸在欢乐里，没有人嘲笑他、欺负他。

七岁的时候，别的小孩子都上学去了，龙痴没有上学，他就自己学扎毛龙，他没有拜过师，只是每年村子里扎毛龙他都会聚精会神地守着，直到一条神气活现的毛龙完成才肯离开。毛龙是神圣的东西，自然不能让龙痴这样的人沾边。扎毛龙没龙痴的份，舞龙更没他的份。每年正月，龙痴依然天天守着篾匠扎毛龙，依然天天跟着毛龙灯队到处跑，闲着没事的时候，他会自己去竹林里砍来竹子扎毛龙，不过他扎的毛龙只是个龙头骨架，因为他没钱买彩色的纸给毛龙做皮毛，也没钱买颜料画漂亮的龙头，但他仍然年年扎，每年正月十五的晚上自己把龙头扛到河边去烧掉，还跪在河边，全身俯地，虔诚地磕上三个响头才回家。再后来，村子里就不舞毛龙了，年轻力壮的汉子都跑到了大城市，每年正月初八大清早就离开家，腊月二十几才风尘仆仆地往家赶。到后来干脆就把老婆娃娃全带到城里，不回家过年了，元宵节舞毛龙就成了老人们嘴边的回忆、龙痴手里那个从没舞过的龙头。

龙痴没有结婚，父母去世后就跟弟弟生活在一起。龙痴七十六岁的时候，他的弟弟、弟媳都过世了，他却还健康地活着，随侄子一起生活。他已经干不动地里的活了，扎毛龙却从来没停过。他扎毛龙的竹子都宝贝一样藏在他自己的屋子里，任谁也别想碰。只要他一开始削竹篾，就会忘记一切，看不见周围的东西，也听不到别人说话，村里人都说他着了魔，成了名副其实的龙痴。就因为家里的一老一小没人照看，龙痴的侄媳妇只能眼巴巴地看着村里的小媳妇们一个接一个地往大城市里涌，每年回家过年，都会带来很多新奇的东西，别说漂亮的新衣服、新发型是村子里见不到的，从她们嘴里说出来的话似乎也带着大城市的气息。

侄媳妇三十几岁，从没走出过大山，眼见着这一老一小两个拖油瓶，怕是永远也见不到外面的精彩世界了！渐渐地就有了怨气，尤其是龙痴在屋里削竹条扎毛龙的时候，她无名火就噌噌地往上冒："编！编！编！一把不中用的老骨头，怎不跟着龙头升上天去！"龙痴的身体大不如前，特别是耳朵，几乎听不到声音，有时小神保站在屋外喊半天也不见他出来。俚媳妇便在那边吆喝："不来算了，不吃倒是省下些粮食！"

小神保可不听他妈的，大公不来，他就用一个比他的头还大的碗盛了满满的一碗饭，再将菜盖到上面，大公听不到他叫门，他就搬一根凳子从窗户那里给大公送到窗台上。许是因了这送饭的情分，龙痴竟然打开门，从此就允许小神保进他的屋子看他扎毛龙，一边扎还一边哼唱毛龙的咒语。小神保很快就迷上了大公唱的咒语，不到晚上妈妈把他揪回屋睡觉，他就寸步不离地待在龙痴身边。龙痴每天重复唱一首咒语，神保听多了就腻了，缠着大公唱新的咒语，龙痴不肯，非要神保自己能唱了才唱新的，为了听到更多的新咒语，神保天天背，天天唱，村里人都说他家又出了一个小龙痴，小神保的妈妈急了，把小神保关在屋子里，不让他去龙痴那里，也不给龙痴送饭，以为这样就可以阻止儿子。可龙痴一连三天不吃不喝，也没出屋。这么大年纪的人了，难道真的能不吃不喝？小神保的妈妈悄悄躲到窗户边看个究竟，原来是小神保偷偷跑进去给他送吃的，关也关不住。

去年正月初八，小神保的妈妈终于抛下爷孙俩跟着老公走了。临走前，她跟神保说，她到城里去挣钱，等过年的时候给神保买很多很多好吃的，买很多很多新衣服，叫神保每天去隔壁满婆家吃饭。满婆八十多岁，比龙痴的年龄还大，她嫁过来第三年就守寡，那时她的女儿刚刚一岁，现在她的女儿也六十几岁了，女儿一直想把她接过去，可她不愿意，这么多年来，家里的每一寸地方都像她的每一寸皮肤一样熟悉，离开这个家，就跟剥了她的皮一样难过。所以她的女儿不得不经常过来给她种种菜，过年的时候还会给她送猪头肉，这是满婆特意叮嘱的，一家人过年的时候没有什么肉都可以，绝对不能少了猪头肉，没有猪头肉祭祀祖宗，祖宗不得安生，这一家人就永远别想安生！妈妈把龙痴与小神保交给满婆，满婆一口应承下来，多两个人，不就多两双筷子吗？这么多年家里都只有自己一个人，现在一下子添了两个，人丁兴旺，这是祖宗有德，祖宗显灵了！

腊月二十八的时候，爸爸妈妈确实回来了，不光给小神保买了好吃的，买了新衣服，买了玩具枪，还给神保带回来一个小弟弟。弟弟实在太小，几乎只有神保的胳膊长，不会说话不会笑，更不会陪神保玩玩具枪，只会哭。小神保一点也不喜欢他，因为妈妈没走的时候每天神保都会摸着妈妈的奶头入睡，可现在小弟弟每天都霸占着妈妈的怀抱，连跟妈妈睡觉的权利都被他抢了。直到正月初八他们三个离开家，回到他们嘴里的大城市，神保一次都没沾过妈妈的边。

爸爸妈妈带着小弟弟走了，神保怪不着他们，便只有怪大公，都怪大公说只要跟着他去祭祀，龙王显灵，会满足他的心愿。他信以为真，这才上了傻子大公的当，一条谷草龙，怎么会是龙王神？怎么可能满足他的心愿？

"我不要好吃的，不要新衣服，不要玩具枪，我要去城里读书，我要跟妈妈在一起。"神保狂风一般冲进家门，把妈妈买回来的新衣服和零食席卷一地，只有玩具枪幸免，没多会儿，他就抱着玩具枪倒在那堆新衣服上睡着了。

龙痴回到家，连拖带拽把神保弄到床上，将地上的一大堆东西塞进柜子里，又开始扎毛龙。他从枕头缝里抠出一把钥匙，趴到床底下拖出一个大木箱子，木箱子里装了满满一箱装饰毛龙的彩纸。全是边角余料，这些彩纸是每年村里扎毛龙剩下的，龙痴把它们捡来，宝贝一样藏着，从来没用过，也用不着，他以前扎的毛龙都只有龙头，没龙身龙尾，不是他不扎，是他扎了没人给他扛，这些彩纸就越集越多，足可以扎好几条毛龙用。去年以来，他就已经扛不动竹子了，只得用谷草扎毛龙，谷草轻，反倒可以扎一条完整的毛龙。只是也不能扎太长，孙崽太小，纵然是谷草，扎长了他也是扛不动的。每年都把龙头装饰得漂漂亮亮、威风凛凛的，从没扎过龙身龙尾，今年扎了，却不是竹子，而是谷草，且没用彩纸装饰。好不容易哄得孙崽答应跟着去祭祀，答应舞龙，竟被这谷草搞砸了。

把箱子推到一边，龙痴再次趴到床底下，拖出一捆用塑料布包扎得结结实实的东西，解开外面的一层塑料布，里面竟然又裹了三层棉布，棉布包裹着的，是削得平平整整一米长的竹篾，清一色的青篾，全是上好的荆竹，还有几根花成几瓣的竹条。龙痴将竹篾一根根抽出来，整好十二根，再将其剪为两截，把彩纸剪成一厘米宽的纸条，缠到竹篾上，用糯糊粘紧。二十四根竹篾变成了二十四条长长的毛毛虫，然后再将这些毛毛虫圈成圆圈，用麻线固定到两根一米五左右的竹条中间，将竹条的尾部折回来，交差连接在一起，形成鱼尾状，再用彩纸糊上。最后，龙痴将之前用谷草扎的龙身龙尾拆下来，接上新编扎的龙身，虽然整条毛龙只有两米来长，比村子里正常的毛龙短好几倍，但这也算得上是一条完整的龙了。

做完这一切，天已经大亮。龙痴的腰完全伸不起来了，他只得弓着九十度角的身子，蜗牛一般移动到床边，担心惊扰了孙子，他在孙子的另一头，半个身子悬在床沿上就睡着了。

满婆来叫他们爷孙俩吃饭的时候，首先看到了屋里通体彩衣的毛龙。她忘记自己是来叫人吃饭的，立即巅着她的小脚，向另外那几个老头子老太太家跑去。

是一阵震山响的鞭炮声把龙痴与神保叫醒的。神保首先跳下床，鞋也不穿，光着脚丫子就跑出去了。村子里平时都是安安静静的，除了鸡叫，还有老头子老太太们几声要死不活的吆喝，听不到什么声音，大年刚过，鸟儿们都回家过年去了，还没回来呢，要在春暖花开的时候，才能听到它们动听的叫声。一定是有什么大事发生了，不然没有谁会放鞭炮的！刚跑到堂屋门口，神保就看到满婆跟几个公婆齐刷刷地跪在院子里，他们面前放着好大一块猪头肉，猪头肉前面是一堆还在燃烧的纸钱，他们双手捧着冒青烟的三束香，正在规规矩矩地磕头呢。顺着他们砖头的方向看过去，神保的眼珠子都快掉出来了，那不是大公昨天要他扛去祭祀的毛龙吗？仔细一看又不像，昨天那条毛龙明明是谷草扎的，今天怎么全身长满彩色的"毛"了？"龙王神！龙王神下凡了！大公！大公！龙王神下凡了！"神保跑进屋，把刚刚下床的龙痴拽到外面，差点把龙痴摔倒在地上。

老头子老太太们虔诚的跪拜似乎招来了神的力量，龙痴如同枯木逢春一般，身体突然就活络起来。神保也格外高兴，他与大公舞着毛龙在村子里有人没人的人家全都走一遭，舞龙的各种花样也全都舞一遍，虽说毛龙太短，很多舞玩的造型摆不出，但神保着实过足了舞龙的瘾，几个老头子老太太各自分配了任务，敲锣打鼓、放鞭炮、点黄烟、烧香纸，一样都不缺。正月十五晚上化龙灯，也完全按照最隆重的仪式逐一完成。

初夏的时候，地里的庄稼长得格外好，公鸡们也特别卖力，无论是老头子还是老太太养的老母鸡都孵了小鸡，一团团毛茸茸的球满院子滚。你看看他们脸上那得意的笑，好像这些毛球球与公鸡母鸡无关，全是他们的手工制品。

老头子老太太们不看电视，他们跟太阳的活动是一致的，天亮出来干活，天黑上床睡觉，电视花花绿绿的，声音小了听不见，声音大了震得耳门子嗡嗡响，倒不如听听公鸡早上喔喔打鸣，母鸡生蛋咯咯报喜，小鸡撒欢叽叽喳喳……可是到后来，太阳好像也跟他们一样，老了，糊涂了，把稻田一丘接一丘地撕开了口子，田里的禾苗失了水分，像十五六岁的小姑娘，一下子走完了一生的历程，成了形如枯槁的老太太。然后是苞谷，还没抽穗呢，叶子就黄了，用火柴一点，立即就能燃起明晃晃的火焰。之前水井里的水总是满满的，每家每户都用水管将水引到家里，现在水井里的水下降得厉害，必须每天都到二三里路的水井那里去打水自己挑回家。这可难住了几个老头子。就在这紧要关头，政府送水的车来了，把他们几家的水缸都灌得满满的，还送来了大米和蔬菜。

吃饱喝足，龙痴开始扎毛龙。现在离正月舞龙还早着呢，天又没下雨，他的脑子怎么会进水呢？难道干旱会让傻子变得更傻？太阳毒辣辣的，鸡们也不打闹，少了许多乐趣。闲得发慌，老头子们先是偶尔过来看看龙痴，后来就有人给他搭把手，再后来大家就一起来帮忙了。不管他扎来做什么，有事干总比无事闲待着强。

这回龙痴扎的毛龙完全是按照村子里正规的程序和大小来扎的，他把藏在床底下几十年未动过的宝贝全用上了。

毛龙还没扎好，一直在四川那边做包工头的德福就带着老婆儿子回来了，听说是四川那边受了涝灾，大儿子正龙最近又得了病，外科内科都检查过了，也不见有什么问题，偏偏就是人奄奄一息的样子，没半点精神。德福到寺庙里去求了一卦，说是正龙原本属蛇，却取了个正龙的名字，名字大了，克着了他，德福将信将疑。提起正龙这名字，德福突然想起来，今年是蛇年，儿子正好十二岁。德福是家里的独子，结婚三年媳妇都没怀上娃，爹跟他说，叫他去把村子里抢到"宝"的那条毛龙的"宝"偷来，供奉到香火上，来年定能生个大胖儿子。德福照做之后，第二年老婆果真顺利生下了白白胖胖大儿子，德福便请毛龙灯会的堂主先奎大公给儿子取名，因德福偷宝那年刚好是龙年，是真龙降临，堂主便给他的儿子取名正龙，以护佑他这条小龙健康成长。儿子已过十二岁生日，按风俗，在十二岁生日那天，应该给龙王神还愿，换新衣的，可后来又有了小儿子，自己整天忙着工地上的事，早就把还愿的事给忘了。现在四川受了涝灾，工程做不成，正好到了暑假，德福便带一家老小往家赶。

　　回到家德福暗暗称奇，这个龙痴，村子里舞龙从没让他沾过边，他竟然能把毛龙扎得如此精致，完全就像是在雕刻。可他毛龙扎得虽好，就怕这毛龙派不上用场，再说，全村就这几个黄土埋脖子的老家伙在家，怎么舞龙？怎么还愿？

　　德福打电话给村里其他人，那些大多都是他当年带出去的，现在也在他工地周边的地方干活，他们同样受了涝灾，估计也干不成什么事。德福告诉他们，只要他们愿意回来，车费算他的。果然，接到德福的电话，外出的人很快就赶回来了。德福买了一台抽水机，各家的饮用水问题立即就解决了，接下来就开始筹备给儿子还愿的事。

首先得请毛龙灯会堂主，村里的灯会堂主一直是先奎大公，所有的法事都由他来做。但三年前他已经作古，村里再没人会做法事。儿子正龙的身体一天天消瘦下去，德福心急如焚，老婆每天抹眼流泪，跟着儿子饿肚皮。无论如何得找到一个懂得祭祀仪式各种咒语的人才行，不然儿子这条小命怕是不保了。就在德福一筹莫展的时候，"求雨了！毛龙要求雨了！"小儿子突然大叫着从外面跑进来，他想拉哥哥一起去看热闹。

"求雨？求什么雨？谁求雨？"德福急忙拉住小儿子问。

"大公！龙痴大公！满婆说的，今天中午十二点大公要到水井边去请水，然后就要舞毛龙求雨。"小儿子说。

一听是龙痴，德福立刻失了兴致，一个傻老头，做的还不就那点傻事！

正龙躺在床上奄奄一息，根本去不了。弟弟蹲到床面前，想背他去，可年仅八岁的弟弟哪里背得动他？兄弟俩一起滚到了地上。

德福一下将正龙背到背上："走，爸背你去看！"

请水仪式已经开始，龙痴手持龙宝，正在念诵请水的咒语："龙王神来龙王神，说我龙王有庚生，且把别样来丢下，要把缴水说分明，哪个时候水不动？哪个时候水要行？白日又是水不动，夜晚又是水要行。大哥他把戌时管，戌时缴水上天庭；二哥他把亥时管，亥时缴水上天庭；三哥他把丑时管，丑时缴水上天庭；四哥他把寅时管，寅时缴水上天庭；五弟他把卯时管，卯时缴水上天庭。三日一晴两日雨，五谷丰收国太平。我王今日来请水，水府三官听下文：请起五湖四海水，普天之下救凡民，三元三品前面走，龙凤花宝随后行……"

一个傻老头，竟然能把请水的咒语记得如此清楚，一字不差，围观的人们兴致大增。

接下来，龙痴双手举着"宝"在龙头前面舞动，引领龙头舞玩花样。舞龙的是几个孩子，不知是体力欠佳还是动作太复杂，他们舞得拉拉扯扯，龙头与龙尾纠缠不清，敲锣鼓的几个老头子老太太也把锣鼓声敲得有气无力，丢了魂儿一样。六岁的小神保舞不动毛龙，在一旁连声责怪，一会儿说锣鼓敲得不好，一会说龙头没跟上"宝"，孩子们自顾不暇，身体跟着舞动的毛龙扭动，脚步零乱，气喘吁吁，根本没人听他的。可就凭几句咒语，几个行将入土的老头子老太太，还有那么几个牙没换齐的小芽崽，就能求来龙王爷？就能把头顶上明晃晃的太阳赶跑，天降大雨？傻子才相信！也只有这几个老东西，日子快活到头了，才会与一帮小屁孩跟着一个傻子瞎胡闹。

大人们很快散去，或许是几个老人体力已经耗尽，孩子们的热情也完全释放，一场隆重开幕的"求雨"仪式，便草草结束。

只有龙痴，亘古不变地钟爱着他的毛龙，他将龙头摆到堂屋的香火下面，龙身顺着墙壁摆开，然后他跪在堂屋中间，向着龙头行了三个大礼，等到敬神的长钱燃尽，香也完全熄灭，这才回到他的床上睡觉。

把正龙背回家，德福沮丧到了极点，晚饭也没吃，光着膀子躺在院子里发呆，一丝风都没有，他索性把长裤也脱了，只剩一条裤衩，还是热。

半夜迷迷糊糊睡去，回到了三十年前那场大旱，那时他跟大儿子正龙一般大，他赶着家里的母猪和一群猪崽到田里去吃枯死的稻穗，结果小猪崽掉到裂缝里去爬不出来了。为了求雨，村里每家每户都出了份子，扎了毛龙，由毛龙灯会的堂主先奎大公做法事。先奎大公选定良辰吉日，身强力壮的汉子高举着毛龙到几近干枯的河边请水，敲锣打鼓的人都是村里的棒劳力，全村人浩浩荡荡地跟着。舞毛龙的时候，锣鼓声一声比一声紧、一声比一声急，声声扣人心弦，先奎大公手中的"宝"越舞越快，大口喷张的龙头步步紧追，随于其后的数十人举起紧连龙身的木棍跟随龙头翻飞。有人在毛龙的周围燃起了黄烟，不一会儿就黄烟滚滚，整条龙在烟雾中腾云驾雾一般，忽而蜿蜒腾挪、左右翻掩似巨蟒翻身；忽而腾空而跃、飞身云端似鹤翔长空；忽而俯冲直下破浪入海似鱼鹰捕猎；忽而长身摆游似金蛇蜕皮；忽而头尾齐攒似懒蛇入冬。加上牛皮鼓、大铜锣、钹那"咚咚咚""哐哐哐"等震耳欲聋的声音，好似江海波翻浪涌，让人感觉到龙王在电闪雷鸣、狂风怒吼时汹涌澎湃的惊涛骇浪中降临凡间。请水仪式结束后没多久，真的就变天了，乌云密布，电闪雷鸣，下起了救命雨。全村人都在雨中欢呼雀跃，德福与小伙伴们光着脚丫在雨中疯跑，冰凉的雨水落在身上，舒服极了！德福跑着跑着，脚下一滑，摔到地上。

德福揉着摔疼的胳膊，还清楚地记得是下雨了。"下雨了！下雨了！"德福跳起来，扯着嗓子喊。

德福这破锣嗓子像柴火一样把冰凉的雨水烧开了，全村沸腾起来。

"下雨了！下雨了！"人们一个个都喊叫着跑出来，太阳明晃晃照着人们激动的脸。

"哪个龟儿子喊下雨了？"

德福这才反应过来自己刚刚是在做梦。龙痴不是先奎大公，根本没有求来龙王神降雨。德福木然地走着，不知不觉走到龙痴家。

推开龙痴家的院门，吓了德福一跳，龙痴竟然跪在院子里，双手紧紧地抱着顶宝的木棍，双目紧闭，脸上的皱纹如同发散的水波努力向外延展，嘴角微微向上翘起，与舒展开的皱纹完美结合，如同盛开的山茶花，他的头发、胡子在阳光下银白、透亮……

完了！完了！最后一个舞龙的人一走，祖祖辈辈传下来的毛龙，从此失传了……

龙痴的葬礼很特别，也很隆重，德福出钱租了冰棺，让龙痴的遗体按阴阳先生选定的安葬吉日在家里停放了七天。他的棺材被一条毛龙圈起来，村里人无论老少，都到他的棺材面前行跪拜礼，告别龙痴，告别毛龙。

下葬后，村里人将毛龙圈在龙痴的坟头，让他们天天在一起。

安葬完毕，大人们正准备回家，突然发现一群孩子舞着一条稻草扎的毛龙，向龙痴的坟地走来，来到坟前的一片草坪，小神保张开双腿，有点像太极的步子，举起一个足球大小的"宝"在龙头前指挥，神保的脚步慢慢变着花样，"宝"随着步子的变动忽而向上、忽而向下，忽儿向前送、忽儿向后拉，德福的小儿子举着稻草龙头，紧紧地追着"宝"上下翻飞，后面的孩子们紧随其后，等到神保舞毕收手，孩了们的头发、衣服全都湿透了，汗水从发梢唰唰往下掉，下雨一样。

青龙升天，这是给最有威望的老人送葬时舞的青龙升天。所有人都站在原地一动不动，神保家不到一岁的小弟弟，也睁大眼睛，半个拇指伸进嘴里，忘了吮吸。

"龙王神来龙王神，身披金甲出海门，身披金甲神通大，毫光一放显威灵，玉皇见吾神通大，差吾凡间走一巡……"

神宝稚嫩的声音响起，犹如天籁。

彩蝶飞舞

阿娜说不出话啦！这个消息像风一样，瞬间刮遍了杉木冲。医生说阿娜的语言中枢摔坏了，还打了一个简单的比喻，好比一把琴，弦断了，就再也发不出声音来。

杉木冲的人从没听说过语言中枢这玩意儿，这次他们知道了语言中枢是个惹不起的东西，它虽不要命，却会让一个百灵鸟一样的姑娘不能说话，不能唱歌，动听的歌喉也变成一个只能塞粮食的黑洞洞。

娃娃们像一群叽叽喳喳的鸟，一致指着阿降，说阿娜是跟他学爬树才摔的。阿降没有争辩，他一直睁着死鱼样的眼睛，任由他爹阿根摆布。

阿根沉着脸，一言不发地提着斧子拽着儿子到阿娜家，让阿娜的爹阿中把阿降劈了。阿娜娘菊花抢过斧子就要动手，被男人阿中拦下了。阿中是杉木冲的村支书，他已经调查过了，是阿娜自己非要爬树才摔下来的，这事怪不得阿降。

阿娜娘可不管这些，背着阿娜就往阿降家跑，等到气喘吁吁跑到阿根家，阿根的媳妇正在摆晚饭，桌子上一个大盆六个碗，盆里是绿汪汪的菜粥，碗里也是绿汪汪的菜粥……

阿根家在村子最高处，娃多家穷。房子是正宗的木门木窗木栅栏，但盖在房子顶上的却是树皮，而不是瓦。村里的人家早就把房子搬到山脚大路边去了，只有阿根家还住在山上。阿根媳妇坐了两回月子，生了四个带把儿的，头胎阿降，二胎一骨碌出来三个。那时计划生育已经进了杉木冲，一对夫妇只能生两个孩子。看到床上一字排开的三个儿子，阿根的脸上像盛开的映山红，拍着手一个劲叫："好哇！好哇！老子这三个娃崽是一胎，不算超生！"他把三个儿子依次取名为阿二阿三阿四，以此炫耀他的丰功伟绩。

乐归乐，到四个儿子都能吃能喝的时候，阿根的脸就由红变绿，每天为填满大大小小六张嘴发愁，哪顾得上再搬家啊！阿根没日没夜地忙活，可他那薄薄的两亩地任他再怎么拼命侍弄都长不出足够一家人吃的粮食来。有时看到地里有几根比庄稼长得快点的杂草，他真想咬上几口填一填自己空空的肚子。人干吗非得吃白花花的粮食啊？吃草多省事！

饥饿让阿降四兄弟像猴儿一样整天在树上穿来穿去摘果子。青涩的梨、酸酸的樱桃、满身芒刺的刺藜，五月的茶皮、茶苞、刺苔，凡是能吃的东西都被他们送到嘴里。

肚子饱了，他们就高兴起来了，随意地摘两片树叶吹个小曲儿，动听的旋律像鸟鸣、像唢呐，如松涛阵阵、如溪水潺潺……

小孩子有小孩子的天地，在他们的天地里，阿降是孩子王，因为他的木叶吹得亮而响，爬树爬得高而快，摘果子也总能摘到最大的。虽然在家里吃不饱，但他却总有办法把自个儿的肚子撑得滚圆滚圆。在杉木冲，树上的果子任人采摘，谁也不会对摘果子的娃娃指手画脚。

可是，谁能想到，摘果子也会惹出祸来呢？

阿降原本七岁的时候就该上学了，可阿降足足过了十岁才在村里的小学上一年级，跟七岁的阿娜读一班。因为家里太穷，能拖一年算一年，看到村里的孩子一个个都上三四年级了，他娘才用旧蓝布衣服给他缝了个书包。

阿降知道自己闯了大祸，乖乖地跪在地上想今天发生的事。以前阿娜要吃果子，都是他摘给她吃，都怪阿亮摘了一个又大又黄的梨子向阿娜炫耀。阿娜再也忍不住了，蹬掉鞋子就要爬树。阿降挡着她，给阿娜示范了一通，阿娜就开始爬树了。阿降爬到阿娜上面，让她跟着向上爬，爬不动了就抓住他的脚。阿娜兴奋不已，一步一步跟着，到了第一个树杈，树下的小伙伴们拍手欢呼："爬上去咯！爬上去咯！"阿娜扭过头，还没来得及炫耀，就掉到了地上……

阿娜躲在屋里，把门窗全都闩死，双手交叉按在颈部，嘴巴狂张着，拼尽全力却发不出任何声音。

一整天看不到阿娜，阿降放学后就跑到阿娜阁楼的后窗外，用一根长竹竿轻轻地敲窗户，然后把一个柚子壳顶到竹竿上，柚子壳上歪歪斜斜地刻着三个字：对不起。

第二天，阿降又如法炮制，用竹竿顶着一小袋刚从树上摘下的梨。一次又一次，窗户仍然紧闭，阿娜根本不理睬他。最后，他只好把梨挂到窗户的挂钩上，这时窗户打开了，阿娜一下把梨扔到地上，熟透了的梨子立刻烂成一摊泥，水汪汪的梨子肉飞溅到阿降头上、脸上、身上。咣的一声，窗户又紧紧地关上了。

阿降爹不让阿降上学了。阿降只能眼睁睁看着伙伴们每天背着小书包在他眼前晃来晃去。阿降每天的活就是上山砍柴、挖树疙篼，供家里一年煮饭的柴火及冬日里烧火取暖。

夜静悄悄的，阿降一个人坐在院子里，月亮斜挂在天上，洒下灰蒙蒙的光，给阿降带来一个忠实的伙伴，默默地陪在他的身后。

这天晚上没有月亮，晚饭后，阿降在院子里呆坐了一会儿，悄悄地向阿娜家走去。阿娜的阁楼上黑漆漆的，没一点声音。阿降怎么也看不到阁楼里是啥样，他急得抓耳挠腮。突然，一只萤火虫飞过来了，小小的亮光一闪一闪的。阿降飞快地跑出竹林，向家里跑去。

阿降远远地就看到爹在家门口坐着，嘴里吧嗒吧嗒抽旱烟，发出很响的声音。阿降悄悄退了回去，转向阿马家跑。他向阿马要了一个玻璃瓶子，又向后山跑去。

后山全是玉米地，玉米已经收割了，这些玉米地就是萤火虫的乐园。满天的星星在眨眼睛，遍野的萤火虫也在尽放光芒，这黑黑的、小小的精灵，它们似要与灿烂的星光一争高下。

萤火虫飞得很慢，阿降很快就抓了半瓶子，他用塑料布将瓶口封好，再弄些小洞，一盏萤火灯就做成了。

阿娜站在窗口，见窗下有脚步声，很快又走了，屋子里一片漆黑，巨大的恐惧感向阿娜袭来，她却固执地不肯打开灯，蜷缩到床角，任由黑暗将自己吞噬、淹没……

阿降把瓶子吊在竹竿上，慢慢地升到阿娜的窗口，屋子立刻亮了起来。

萤火灯！阿娜猛地爬起来，透过窗户，她看到萤火虫在瓶子里飞舞着，黄色的光亮从它们黑色的、小小的身体里放出来，一闪一闪的，漂亮极了。阿娜默默地退回到床上，想起跟阿降一起抓萤火虫，想起跟小伙伴们一起唱歌，忍不住伤心痛哭，但她的嗓子仍然发不出一点声音。

第二天，阿降去把瓶子里的萤火虫放掉，再跑到后山去抓半瓶挂在窗外，阿娜的窗口每晚都会亮起萤火灯，每天都有新鲜的果子。阿娜不再害怕黑夜，她的梦里偶尔还会响起自己的欢声笑语，只是她从来没有打开窗户吃阿降送给她的果子。

天气一天天转凉，萤火虫也一天天减少，最后再也见不到它们的踪影。九月，山上的红籽慢慢红起来了，绿的叶、红的果，漫山遍野的，像碧绿的翡翠上缀满了红玛瑙。去年的这个时候，阿降跟小伙伴们一起玩新郎新娘的游戏。阿降将又大又红的红籽摘下来，用棕丝把它们一颗颗串起来，变成一串红色的项链，阿降把它挂到阿娜的脖子上，阿娜像仙女一样漂亮。阿降摘下几片叶子，他们一起吹起美妙的音乐，像群鸟在欢歌……

红籽又红了，阿娜却再也不能说话，再也不能跟他一起扮演新郎新娘了。阿降伤心地摘着红籽，慢腾腾地将它们一颗颗串起来。阿降默默地把红籽项链挂到阿娜的窗前，忍不住又吹起了那首曲子。没想到，阿娜竟然把窗户打开了，她小心翼翼地取下红籽项链，把它戴在脖子上。一颗颗滚圆的红籽在阿娜的胸前闪烁着迷人的红光。

后来，阿娜就开始跟着她娘学绣花了，绣花是村里女孩的必修课。再后来，阿娜绣出了一个小姑娘，小姑娘的脖子上戴着一串红籽项链……

时间悄悄地从阿娜的针尖上溜走，一晃几年就过去了。阿娜已经长成有板有眼的大姑娘了。阿娜绣的画越来越多，越来越好，已经超过她娘了，几乎超过了村子里所被大家称为巧手的姑娘。所有看了她的画的人都惊叹她的手艺，而后又忍不住生出许多心疼，这么乖巧的姑娘，偏偏成了哑巴……

阿降四兄弟虽说缺吃少穿，却也长成了帅帅的小伙子。一个个能歌善舞，每到村子里盛大的节日总少不了他们。特别是阿降，给哈（古瓢）舞、板凳舞、芒筒舞、芦笙舞、排鼓舞都是他的拿手好戏。而姑娘们在木叶声中跳起的锦鸡舞，更是美妙无比，真的如同来到鸟儿的天堂，百鸟声声，群鸟齐舞。

一个夏天的下午，阿降从玉米地里收完玉米回来，就到河边去洗澡。远远地，他发现一大群花蝴蝶在河边翩翩起舞，太阳光照在它们的翅膀上，发出七彩的光芒。阿降惊呆了，他从来没看到过这么多蝴蝶聚在一起。他急忙返回家里，拿出大网兜向河边奔去。

半路上，他又往回跑。阿娜立在窗下，露出美丽的脸庞。看到阿降两手空空，阿娜惊奇地睁大眼睛。阿降示意她下来，阿娜急忙退回屋里，自从失语后，她就再没跟阿降他们一起玩过。她不知道阿降叫她下去干什么。她一遍又一遍地叮嘱自己：千万不能出去！千万不能出去！突然一个声音又在耳边轻轻响起：不要让阿降等急了。这个声音像来自天际的魔咒一般，阿娜迅速转过身，打开门飞奔下楼。

成百上千只彩蝶在河边飞舞聚合，夕阳映射在它们身上，色彩斑斓、如梦如幻。阿降慢慢举起网兜，阿娜急忙按住他的手，阿降放下网兜，轻轻握住阿娜的手。太阳快要落山的时候，它们突然群起向夕阳的方向飞去，很快便如同七彩的霞光消失在遥远的天边……

阿娜惊呆了，这么多蝴蝶、这么美丽的夕阳，她那么多美丽的梦境里从来都没有出现过。

阿娜向娘要了一块很大的洁白的布，猫在她的阁楼里绣起花来。

在洁白的绣布上，慢慢地出现了一条清澈的河流，水面上闪烁着金色的波光，接着又出现一轮柔和的夕阳照射在河面上，后来，在水面的上方，一只完整的彩蝶飞舞在绣布上了，几个月过去，成百上千只彩蝶向着太阳的方向飞去，再后来，河边出现了一个小伙子，小伙子的身边又出现一个美丽的姑娘，他们手牵着手，像两只比翼双飞的彩蝶……

第三年吃新节快到的时候，这幅画完成了。阿降来敲窗户的时候，阿娜抱着它飞奔到阿降的面前。

"蝴蝶！就是那些蝴蝶！阿娜你太棒了！太棒了！"阿降情不自禁地将阿娜搂在怀里，又迅速松开。

阿娜红着脸将画放进阿降的怀里，立刻转身离开。

阿降追上阿娜，把画还给阿娜。阿娜惊愕地盯着阿降，眼泪瞬间就出来了，溢满了眼眶。阿降说："阿娜，你怎么哭了？听我说，你听我说，再过几天就是吃新节了，县里出了通知，要到我们村里来选演员到县艺术团去。等我选上了演员就到你家去提亲，到时候你再把它当家嫁妆拿到我家去，好吗？"

阿娜破涕为笑，一把抢过绣布飞奔回她的阁楼。

吃新节那天，阿降娘找出箱子底下他爹当年结婚穿的那套衣服给阿降穿上，人靠衣装马靠鞍，阿降马上就跟变了个人似的，帅得连他娘都不敢相认了。

在半路遇到阿良叔，阿良叔眯着眼看了他半天："哎哟！好你个狗崽子，穿这身衣服是要去讨老婆呀？快得很啊，长大喽，都长大喽！"

阿降把衣服扯了一下，红着脸说："我是去支书叔家报名当演员的！"

"行啊！出息了！快去吧，你阿马兄弟也去了，多选中几个，让咱们杉木冲也亮堂亮堂！"阿良叔说。

阿降兴冲冲地往阿娜家走去。

阿娜娘正在院门口悠闲地嗑南瓜子，看到阿降走了过来，她的手随意地在簸箕里捡起一颗，两根手指捏起来，慢慢地送到嘴里，咔嘣一声响，紧接着呸的一下吐到阿降跟前，站起身来顺手把院门关上了。

"叔妈！叔妈！请开下门。"阿降急切地拍门。

"门开了一条缝，露出阿娜娘那半张脸。"

"哟，是阿降呀，来我家干吗哩？"

"听说县里来人了，要招演员，我爹让我也来报名。"

"哎呀！你来晚了，报名的人多着呢，早就报满了。"

"报满了？不是说先报名，然后挑选吗？"

"哦，对！对！对！是要挑，我看你呀，不用报名，直接让他们挑就行了，回去吧，回去吧，他们会挑中你的！"

阿娜娘埋下头，伸出食指，慢悠悠地在簸箕里拨动瓜子。

屋里传来闹哄哄的声音，阿降踮着脚尖朝里看，看不见里面的人，说："叔妈，他们还在里面呢，您就让我进去吧。"

进去了也没用，名已经报满了，你就等着明天他们直接挑选你吧。阿娜娘硬掩上门，并从里面上了闩。

阿降呆呆地站在院门边不知如何是好，他趴在门上，透过门缝往里瞧，突然看到阿娜出来了，他心里一阵狂喜，可阿娜还没走到门口，就被她娘拽进屋去了。

阿降垂头丧气地转过身，阿娜家的大黄狗正趴在墙角刨什么，屁股撅得老高，正对着阿降。"狗东西！连你也敢拿屁股对着我！"阿降走过去狠狠地踹了它一脚，大黄狗受了惊，对着阿降的脚顺势一口，不光撕烂了阿降的裤子，还撕掉了阿降腿上的一块肉，阿降痛得龇牙咧嘴，一瘸一拐地向家里走去。

"阿降！你搞哪样了？"阿降的腿血糊糊的，还在往下淌血。阿降娘心痛地问儿子。

"被狗咬了。"阿降走到家，人一下就软了。

阿降爹正在家里等儿子的消息，看到阿降，他放下手里的旱烟袋问："报名了？"

阿降低着头不敢看爹，说："名报满了。"

"没出息的家伙！咋不让狗叼了去呢？"阿降爹愤愤地丢了烟袋，扛着锄头下地去了。

阿降娘抓了好几把灶灰也没止住阿降腿上的血，最后抓一把热灰按在阿降的腿上，用布条死死地捆住，总算把血给止住了。

晚上，阿降躺在炕上，腿火辣辣地痛，因为早些时候赌气晚饭也没吃，肚子饿得跟猫抓似的，一束月光从墙洞射进来，刚好照见他那条布带缠着的腿。明天就开始挑演员了，可这腿！阿降把头捂在被子里放声痛哭。

半夜，阿二悄悄爬起来，抓了几个娘给哥哥热在锅里的洋芋，扛了撬石头的钢钎，气势汹汹地向阿娜家走去。

大黄狗好像感觉到了阿二脸上的杀气，隔得老远就汪汪地叫着跑过来了，阿二睁圆了眼，丢出一个洋芋，大黄狗嗖的一下窜过去把洋芋吃了，阿二把剩下的洋芋丢在面前，就在大黄狗低下头吃洋芋的瞬间，抡起钢钎照准狗头狠狠地打下去。大黄狗立刻呜咽着倒下了，阿二又补了两下，大黄狗不动了，地上留下一摊鲜红的血。

阿二急忙拖了大黄狗往家里跑。生火、烫狗，尽管阿二小心翼翼，还是吵醒了大家。狗肉飘出香，家人一个个都起来了，全都分毫不差地摸到了灶房里。

"狗日的，哪来的这好东西？"阿降爹掀开锅盖，深深地吸了一口气。

"是我打的。"阿二看到爹没生气，来了兴趣，得意洋洋地说。

"打的？哪儿打的？"阿降爹的眼睛瞪大了。

"是……是支书叔家的阿黄……"阿二说。

啪！阿二话没说完就挨了爹狠狠的一巴掌。

"狗日的杂种！支书叔家的你也敢动！"啪的又是一下，阿二倒在了地上。

"他爹，他爹，孩子不懂事，你不能对孩子下重手。"娘扑到阿二身上，用身体护住阿二。

"都是你护出来的祸根！"阿降爹顺手抄起门边的扁担，娘的身上重重地挨了两扁担，娘依然抱着阿二不松手。

阿降看到弟弟和娘挨了打，急忙过去抱住爹，一下子跪在地上，爹，说："你别打了，都是我的错！都怪我没出息！"

阿二看到娘挨打，眼珠都绿了，他推开娘，大吼一声："支书咋了？支书了不起啊？当支书就该瞧不起人啊？当了支书喂条狗也欺负人？它敢咬老子哥哥老子就敢吃了它！"

爹抢起扁担还要打，被阿降娘、阿降和两个弟弟死死地拖住了。爹丢掉扁担，眉头皱成了疙瘩……

阿二和两个弟弟可不管那么多，不吃白不吃，呼噜呼噜把锅里的狗肉下了一半。

"是哪个砍脑壳的害死了我家阿黄，我家阿黄招他还是惹他了？打狗还要看主人，有啥事就冲着老娘我来，拿一条狗撒什么气！"早上，四兄弟还在睡觉，菊花就寻着血迹连哭带骂地到阿降家来了，阿中在后面汗水淋淋地跟着。

阿降娘听到骂声，战战兢兢地从屋里出来，眼睛血红血红的，眼皮低垂着不敢出声。

阿降爹出来了，他走到阿中面前，哭丧着脸说："我那鬼崽不懂事，把你家狗杀了，养儿不教父之过，你说吧，要咋赔，我认了。"

"哎呀，不就一条狗嘛，杀了就杀了，乡里乡亲的，赔啥！"阿中把阿降爹往屋里推。

"不赔？"菊花一下子跳起来，"说得轻巧，我好端端的一条狗就这样没了，凭啥不赔？狗也是拿粮食喂大的！无缘无故，凭啥把我家狗给杀了？这不是明摆着跟我家过不去嘛！"

"也不是无缘无故，你家阿黄把我儿子阿降的腿给咬了。"阿降爹轻轻地说，眼皮垂着，不敢看菊花。

"哦，它咬你儿子一口就该死啊？就该拿它煮了塞你家牙缝啊？哪家的狗没咬过人？哪家狗咬人就给活活杀死了！让阿降出来，我把腿伸给他咬，完了我也把他宰了熬汤行不？"菊花不依不饶。

"要不我养一条狗赔给你行不？"阿降娘急得就要跪下了。

"别闹了！县里的领导还在家里呢！"阿中拽过菊花，压低声音说。

菊花终于走了，没多久，就听到村子里传来鼓乐声，姑娘小伙子们一定在跳舞了！阿降扯了一团棉花把耳朵塞住，闭上眼睛躺在床上，可他还是能清晰地听到芦笙在吹奏，能清楚地看到阿马他们在跳舞。以前可都是他领头跳的，现在是阿马在领头还是阿晖呢？现在该姑娘们跳花带舞了吧？阿降在床上翻来覆去，他使劲用被子蒙住头，脑子里还是跳舞的场景。

"都是该杀的阿黄！"阿降说着跳起来，翘着受伤的腿，单腿在院坝边上的狗毛上不停地踩着。

阿娜来到了阿降家，她给阿降带来了止血的草药和干干净净的白纱布，阿降却不让她换药，他哭着说："我不能参加比赛了，不能到县里当演员，我哪有资格跟你好！"阿娜只好丢下药往家里跑。

后来，阿降家便多了一条金黄色的小狗。

狗是要赔给人家的，每顿都要吃掉满满的一碗饭，看到小狗大口大口的吞咽，四兄弟的胃就特别难受，眼睛老是盯着狗碗不放，喉咙不停地动着，阿降娘看着就忍不住偷偷抹眼泪。下一顿饭的时候，阿降娘拿着饭勺舀了又放，放了又舀，最后还是把满满的一碗粮食放到了狗嘴下面。

小狗长得很可爱，可阿二却对它恨之入骨，看到小狗吃东西就骂："吃！吃！吃！老子搞包老鼠药吃死你！"骂归骂，阿二这回可不敢真下黑手，只能每天恶狠狠地干瞪眼。

个月后，阿马他们几个都进县里的艺术团当演员去了，阿降憋了一肚子火在家里窝着，腿也总不见好。

一天，阿降坐在小凳上靠在门边睡着了，太阳暖洋洋地照在身上，特别舒服。睡梦中，他感觉娘温暖柔软的手在轻轻地给他擦拭腿上的伤口，一遍一遍，反反复复地，阿降一动不动，乖乖地让娘擦着。娘真是世界上最好的娘了，阿降心里甜丝丝地想着。

　　梦中的阿降舒舒服服地伸了个懒腰，身子一歪倒在地上，人也惊醒了，他下意识地向受伤的腿摸去，却摸到一团毛茸茸的东西，吓了他一跳，猛地睁大眼睛，竟然是小黄狗！他看到自己那条脏兮兮发着恶臭的腿这会儿干干净净的，没一点脓水，小黄狗趴在他的脚边，一双黑黝黝的眼睛水汪汪地盯着他，嘴角边上湿湿的。阿降的眼睛一下子就红了，紧紧地将小黄狗搂在怀里。

　　后来，阿降每天都在屋外打瞌睡，小黄狗每天都把他腿上的脓水舔得干干净净的，舔完阿降的腿，就蜷缩在阿降的脚边睡觉，太阳照在它身上，金灿灿的，阿降一动不动，让暖洋洋的太阳从头顶走到脚下，再走向远处的山那边……

　　两个月过去，阿降的腿全好了，小黄狗也长大了不少，他又开始上山挖树疙篼了。阿降一出门，小黄狗便紧紧地跟在他身后，那小尾巴摇得像拨浪鼓，阿降顺手摘一片树叶吹起来，呜呜咽咽的，像谁在哭泣。小黄狗倏地一下跑到前面好远，回过头看到阿降还在后面，站着等一会儿，又倏地一下窜回来，一天总要来来回回几十趟。

　　自从阿降的腿受伤后，他就再没去看过阿娜，他绝不能让阿娜将来跟着他过这种有了上顿没下顿的日子！

小黄狗长成了威风凛凛的大黄狗，阿降让阿二把它送到支书家去。没了形影不离的大黄狗，阿降觉得心一下子空了，白花花的大米饭也没了滋味。

第二天早上，天边刚露出鱼肚白，阿降就别上镰刀扛着锄头上山去了，他挥动镰刀对着一丛茂盛的荆棘疯割一气，很快地上就堆了一大片荆条，他的手也被划得全是血痕。"啊……"阿降扔掉镰刀，仰天长啸，惊得鸟儿扑棱棱飞向天空。

就在这时，大黄狗嗖地一下窜到阿降身边，围着阿降疯跳。

"你怎么跑来了？怎么出来的？"阿降猛地一下把大黄狗抱了起来，大黄狗舔了他一脸涎水。

没过多久，阿娜背着背篓气喘吁吁地走过来，阿降立刻明白咋回事了，心里升起一缕感激，可一想到自己的将来，他立刻推开了大黄狗，背过身去。

阿娜走近阿降，伸手到衣服口袋里掏东西，是两个热乎乎的鸡蛋，她刚把鸡蛋抓到手里，看到阿降突然变脸了，愣愣地站在原地，鸡蛋在手里揣着，也不敢递给阿降。看到阿降冷冷的背脊，阿娜的眼睛很快就红了，泪花在眼睛里闪动。

过了一会儿，阿降忍不住转过身，看到阿娜眼里的泪水，阿降心痛了，其实阿降想阿娜都快想疯了，他再也忍不住，一下子跳起来站到阿娜面前，说："谢谢你把大黄狗带来了。"

阿娜乐了，她抹去就要掉下来的泪水，把鸡蛋递给阿降。

"你也吃一个，我吃一个就行。"阿降放了一个鸡蛋到阿娜手里。

阿娜把鸡蛋硬塞给了阿降。

阿娜发现了阿降手上的血迹，立刻掏出雪白的绣花手绢给阿降擦，阿降慌忙躲开，心想自己这一双粗糙的脏手，怎么能用阿娜的手绢擦呢！阿降跑到小溪边，快速把血迹洗干净。

回去的时候，阿降用藤蔓编了一个项圈套在大黄狗的脖子上，一直把大黄狗送到了阿娜家屋后的竹林里，等到阿娜牵着大黄狗走进院门，他才扛着挖好的树桩笺从后面绕回家去。

后来，阿降每天都能吃上香喷喷的早餐了，有时是两个熟鸡蛋，有时是用竹篾饭盒装的香喷喷的糯米饭，有时是带着蜂窝眼的白面馒头，阿降一下子觉得生活甜起来了。

阿降心里还藏着一个心愿，今年县里来招演员，他一定要好好表现，一定要跟阿马他们一起到县里去，让阿娜过上好日子。

阿降每天最开心的事就是上山挖树疙笺，不光是有香喷喷的早餐等着他，还有一个秘密：阿娜特别喜欢听他吹木叶，只要他把叶子含在嘴里，阿娜那美丽的眼睛就专注地落在他身上，那钦佩惊奇的眸子让他的心飞上了蓝天，像白云一样飘飘悠悠的。

小小的一片叶子，在阿降的嘴里竟然能发出那么好听的声音！阿娜摘下一片叶子在手里把玩，她多么希望自己也能吹出美妙的音乐啊！可自己一个哑巴，怎么可能呢！阿娜扔掉叶子，忧伤地转过身去，看着天上悠悠的云彩发呆。

阿降知道阿娜的心思，他摘下一片圆润的叶子，递到阿娜面前。

"阿娜，试一试嘛！"阿降将嘴巴张开一条缝，将叶子轻轻地放在下嘴唇上，用食指和中指摁住叶片，让它紧贴下嘴唇，气流从阿降的口腔吹出来，打在叶片边缘，叶片发出清脆的声音。

阿娜紧张地抓住叶子，一吹，娇嫩的叶片一下就被她吹破了，阿娜羞得头都不敢抬了。

阿降重新摘下一片叶子，扶住阿娜的肩膀，轻轻地把她的头捧起来，说："没关系，你太紧张了，不要太用劲，叶片要绷紧，摁在下嘴唇上，不要漏气，轻轻地吹气，让气流通过上嘴唇振动叶片边缘就行了，咱们再试一次，好吗？"

阿娜眼泪汪汪地看着阿降，她在阿降的眼睛里看到了勇气和希望。她终于吹响了木叶。阿降还教她怎么吹高音、低音、长音、短音，怎么控制气流来发出不同的声音，阿娜都一一学会了。阿降开始教阿娜跳舞，每一个动作都反复示范，有时会拉住阿娜的手带着她跳，被拉了小手的阿娜便会扭过头，对着阿降微微一笑，阿降便感觉自己的身子轻轻地飞起来，拉着阿娜的手像鸟儿一样在天空自由自在地飞翔。没过多久，阿娜也感觉自己像长了翅膀，可以跟着阿降一起飞了……

从此以后，只要跟阿降在一起，阿娜不时挑一片带绿的叶子在嘴边吹两声，阿降听到了，也摘一片树叶回应，阿娜的脸上就会花儿一样绽放开来，这个时候，她感觉自己断掉的那根弦已经给连接上了……

阿娜的脸上每天都挂着灿烂的笑容。到了晚上，七彩的丝线在绣布上穿梭，她感觉自己在创造世界。一块没有生命的布在她的飞针走线中长出绿油油的小草、挺拔的大树、娇艳的花儿、巍巍的山峰、泠泠的流水、清幽的小溪、浣洗的村姑、勤劳的农人、顽皮的牧童、肥硕的牛羊、蜻蜓点水、蝴蝶展翅、鸟儿欢歌曼舞……在这个世界里，天是蓝的、云是白的、太阳是金色的、月亮是银色的、星光是灿烂的，一切都那么美好。没有饥饿、没有伤痛、没有烦恼、没有仇恨，也没有像她这样的哑巴……

阿娜的变化没有逃过菊花的眼睛，自从阿降的脚受伤后，好久没看到阿娜的笑容了，而现在，她整天乐呵呵的，脸色比盛开的花朵还明亮。晚上一个人坐在屋里绣花带、绣图画的时候，那么专心，那么兴奋，再也看不到以前的无奈和痛苦。

真是女大十八变啊！菊花看在眼里，喜上眉梢，姑娘一定是遇上可心的人了，哪个当娘的不知道女孩子那点心事？但菊花一点也不着急，阿娜虽说是哑巴，可她从小就是心气高的女孩子，一般的小伙子她绝对看不上眼的，能让阿娜整天眉开眼笑的人，一定是数一数二的人家的孩子，错不了！

一天菊花说要到镇里去买丝线，让阿娜在家煮饭、喂猪，然后她就出门了。

阿娜看到娘出去，可高兴了，她立刻淘糯米煮糯米饭，阿降最爱吃糯米饭了。糯米饭煮好后，她用洗得开开净净的竹篾饭盒盛上，再放上香喷喷的腊肉和韭菜根，把满满的一盒糯米饭捧在怀里飞快地往山上跑。阿娜刚跑出去，菊花就从隔壁叔妈家出来悄悄地跟在阿娜身后。等她上气不接下气地赶到山上，正看到阿降夹了一块腊肉往阿娜嘴里喂，阿娜乖乖地张着嘴……

"不要脸的狗崽子！"菊花冲上去一巴掌打掉了阿降手里的饭盒。

"叔……叔妈……"阿降惊慌失措，他张大嘴巴，呆若木鸡地愣在原地。

"臭不要脸的鬼崽崽！看你那副瘦壳郎当的穷酸样！还敢打我家阿娜的主意，癞蛤蟆想吃天鹅肉！"菊花怒火冲天地骂。

阿娜轻轻地拉住娘的衣角，可怜巴巴地望着她。

"滚回家！再敢跟这个狗崽子勾搭看我不打断你的

腿！"菊花像老鹰抓小鸡一样把阿娜拽回家了。

菊花每天寸步不离地守着阿娜，她绝对不会让阿娜再见阿降一面！

但阿降并不灰心，他相信，只要他努力，一定还有机会去县里的，只要当了县里的演员，一定可以跟阿娜在一起。

见不到阿降，阿娜便日日吹木叶，日日跳舞，木叶声能让她感觉到阿降就在身边，舞蹈能让她体味出阿降的味道……

山上的红籽红透了，阿降精心地挑选出又大又红的红籽粒，他要给阿娜穿一串最漂亮的项链。

傍晚的时候，阿降拿了项链往阿娜家走去。来到阿娜家屋后，听到屋里有说话的声音，好像在讲阿娜的什么事，阿降凝神仔细一听，原来是有人给阿娜提亲来了……

阿降手里的红籽项链不知道什么时候掉到了地上，他默默地回到家里，一声不吭地睡觉了。

突然降临的变故让阿娜惊呆了，她不知道怎么样反对娘，从小到大就是娘说了算，别看爹在村子里说一不二，在娘面前他却是一点威风都没有，根本指望不上！

其实阿中也跟阿娜一样，这件事他根本不知道。他回到家里，堆积如山的彩礼把他搞糊涂了，他不知道菊花在搞什么名堂，神不知鬼不觉地竟然让她嫁到镇上的姐姐给阿娜找了一个婆家。

晚上，阿中问菊花："找婆家的事你没跟阿娜商量？"

"商量啥？我是她娘！给她找了这么好的婆家难道她会不满意？她只是不能说话，又没傻！"

"这毕竟是她的终身大事，再怎么说也得她乐意才行啊。"

"她有什么不乐意的？人家这么好的条件不嫌弃她是哑巴已经是天大的好事了，她还有什么不乐意的？"

"我看阿娜并不高兴呀！你没发现？"

"我早就知道了！我还不知道她那点心思，她就一门心思想着那个穷鬼阿降！"

"阿降？阿降！阿降倒是个不错的孩子，上次要不是被我家狗咬了，他早就被县里的艺术团选中，他可是整个杉木冲最能歌善舞的孩子！特别是那木叶吹得最好，你没听过吧？今年县里还要到咱们村选演员，他一定会被选上的，选上后就到县艺术团去上班了。"

"我管他到哪里去上班！反正打死我也不会把阿娜嫁给他！"

"你这是咋回事嘛？姑娘喜欢他，你非得要把她嫁给别人！依我看阿降这孩子不错，将来能有出息！不就是家里穷点嘛，只要孩子有出息，哪有人一辈子受穷的？再说人家将来说不准就是县里拿工资的人了。"

"再是县里拿工资也是穷卵一个！睡觉！别再说他了！好心情都被他整飞了！"

四周漆黑一团，死一般沉寂，阿娜躺在床上辗转反侧，一想到要离开村子，要离开阿降哥，要成为别人的老婆，她就觉得天要塌了，地要陷了。阿娜昏昏然从床上爬起来，木然地下了阁楼，她毫无意识，漫无目标地走出了她家的院子。

虽然伸手不见五指，但阿娜却分毫无差地走上了上山的小路，这条路她太熟悉了，熟悉得就像梳理她自己头上的秀发。

走到半山腰的时候，阿娜加快了步伐，山上的风更冷、更猛，像无数的针刺进她的身体，封住她的咽喉，阿娜快要喘不过气来了。风中似有隐隐约约的木叶声，她心里涌起一阵惊喜，双手捧住脸，深深地呵了一口气，快速向山上走去。

翻过山脊，木叶声清晰起来，阿降哥！是阿降哥！阿娜循着木叶声飞奔。

阿降背山而坐，膝盖上放着阿娜那天给他送糯米饭的竹制饭盒，他专注而深情地吹着一首伤感的情歌，正是阿娜每天在心里吹奏千万遍的曲子！阿降没注意到阿娜的到来，依然忘情地吹着。

阿娜没有惊动他，她摘下一片厚实的叶子，和着阿降的调子，吹响了低沉哀婉的音符。

阿娜！阿降的木叶声停了下来，他不敢相信会是他日思夜盼的阿娜！自从阿娜的娘发现他们后，他就再也没见过阿娜，但他依旧每天都到这儿来吹木叶，她相信阿娜一定会再到山上来的。每天都带着这个坚定的信念等阿娜，可他万万没想到等来的却是阿娜定亲的消息！昨晚他心如死灰，彻夜难眠。半夜一个人默默地来到山上，来到他与阿娜的快乐天堂。

可是一想到阿娜已经定亲了，他的眼泪又止不住地流了出来。他什么话都没说，只是一遍又一遍地吹那首他们最熟悉的小曲儿。

阿中跟菊花停止谈话后，很快就睡着了，倒是那菊花，她一想到那堆积如山的彩礼就乐一阵，一想到对方家那么大一幢房子都归阿娜了又乐一阵，一想到他家三间店铺以后也归阿娜了又乐一阵。以后阿娜就是镇上的人了，再不用在山里上坡下坎地吃苦受罪，这怎么能让她不乐呢！姐姐已经回家去了，阿中也睡得跟死人似的，怎么叫都叫不醒。可这膨胀的快乐快把她给撑破了，得有人分享它啊！只剩阿娜了，对！找阿娜去，得好好把这美事跟她说道说道，不然这个傻丫头还以为当娘的害她呢！

菊花立即爬起来，走进关着阿娜的房间。她大惊失色，立刻跑进屋叫阿中，阿中一下就醒了，其实刚才他是不想再听她唠叨装睡着的。

半夜三更的人不见了，急得阿中与菊花团团转。他们拿着手电筒房前屋后全找遍了，根本不见人影，倒是把大黄狗给吵醒了。大黄狗看到两个主人满屋子乱窜，单单不见小主人阿娜，它跟着阿中和菊花转了一会儿，忽然就独自跑了出去。

跟上阿黄，说不定阿黄能找到阿娜，狗不是最通灵性吗。阿中拿着手电筒快步跟上阿黄，菊花也急急地跟在后面。

阿黄一直向山上跑去。"难道阿娜真的上山去见那个臭小子了！被我逮到看我不剥了他的皮！"菊花气得牙齿格格作响。

啪的一声脆响，忧伤哀怨的木叶声戛然而止，阿降捂着脸站了起来。菊花再抬手的时候，阿娜扑了上去，她死死地抱住娘，泪如泉涌。

"阿降！这半夜三更、寒天冷冻的，你们这是干啥，不像话！"阿中也非常生气。

"不能便宜了这小子！得好好收拾他，不然他不知道老娘的厉害！"菊花对着阿降又骂又抓又打又踢。

"别闹了！别闹了！先回家去，明天再说。"阿中制止了菊花。

菊花一回家，立刻把阿娜锁在屋里，她说在嫁到刘刚家之前绝不会再让阿娜离开屋子半步。阿中的话她根本不听，反而对阿中好一顿臭骂："你这个没用的东西，人还没老就糊涂了！刘刚是什么人家？阿降是什么人家？一个在天上一个在地下你都看不出来？阿娜能找到刘刚这样的好人家，那是咱祖上结了阴德，只要嫁过去，我们家阿娜就是麻雀变凤凰了！我可不允许阿降那小子打咱阿娜的主意，这不是明摆着让阿娜掉进火炕吗？想都别想！"

看到哥哥耷拉着脑袋，一副苦大仇深的模样，阿二再三追问是咋回事，阿降不得不跟弟弟们讲了他与阿娜的事。阿二听了一拍脑门，说："这有什么难的，包在我身上！"

"你能怎么办？现在见都见不到阿娜了。还有，不管你做什么绝不能委屈了阿娜！刘刚家条件那么好，又是独生子，阿娜跟着他会过上好日子的。"

"有什么委屈的？两个相爱的人不能在一起那才是最大的委屈！别想那么多了，放心好了！这事交给我，准能成！"

转眼阿娜的婚期就到了，正好是县里来选演员的日子，阿娜就要成为别人的新娘了。

半夜，四周漆黑一片，村子里静悄悄的，人们早就钻进温暖的被窝进入了酣梦中。

几个小伙子在阿娜的阁楼外搭上了一架木楼梯，阿娜的窗户轻轻地打开了，阿娜穿上了最漂亮的衣服，腰上系着七彩的花带。轻轻地打开窗门，顺着木楼梯下了阁楼，然后木楼梯又被悄悄地抬走了，几个同样身着盛装的姑娘拥着阿娜消失在黑暗中。

县里的人来到阿中家的时候，菊花正扯着阿中的衣服又哭又闹，逼着他去把阿娜找回来，阿中不得不把菊花拖进屋，顺手锁上了门。一行人很快到了比赛场，赛场人山人海，阿中的眼睛一直在人群中搜寻，却没看到阿降的影子，比赛就要结束的时候，阿中心中一振，阿降竟然牵着盛装的阿娜出场了，人群里像炸开的马蜂窝，从来没有谁见到过阿娜表演节目，所有人都盯着他们两人，等着看他们的"好戏"。

一声清脆的木叶声响起后，赛场立刻安静下来，紧接着，人们仿佛听到两只恩爱的百灵鸟的声音从天际传来，慢慢地有了流水的声音，有了风吹树叶的沙沙声，一个声音慷慨高昂，一个声音婉转轻柔，后来，阿娜随着木叶声跳起了锦鸡舞，人们只觉得是一只凤凰从天际飞来，在翩翩起舞……

阿中看了看主席台几个评委，他们都沉醉其中了，他的眼光扫过人群，突然看到菊花躲在人群中，她的头发有些凌乱，但她的眼睛里满是欣喜……

猫　眼

　　雪花被钢铁般坚强的阡城人吓着了，十来年一直没露面。这天傍晚不知怎么了，雪花突然飘下来，如鹅毛、若棉花、似柳絮……

　　"好美啊！老公，我好多年没玩过雪了，明天我们一起堆个漂亮的雪人好不好？"孙茜看着窗外轻舞飞扬的雪花，久藏的少女心像眼前久违的雪一样飘洒而出。

　　"这么大的雪，明天村里的那些老人、孩子不知道冻成啥样呢！哪有闲情玩嘛！"

　　李卫国的话比外面的天气更冷，把孙茜的少女心冻成冰坨。

老天爷也被李卫国的话气着了似的，一使劲，抱床大棉被，一下子就把世界捂住了。山川、树木、道路、房屋，都被捂在洁白的棉被下面。

天亮没多久，洁白的棉被撕裂出纵横交错的口子，行人踩下的脚印像黑芝麻洒落在厚厚的白雪上，星星点点的黑不溜秋的脚印，很是扎眼。一些人借着给孩子堆雪人的由头，构筑出自己的愿景来：跑车、美人鱼、大元宝……

李卫国起得很早，他匆忙到二楼敲了队员部的宿舍门，快速走下一楼，走出了村委会的办公楼。

村委会院子的积雪没过了脚踝，山坡上的积雪更厚。

这么厚的积雪，行车不安全，得封路。还得入户去查看水表有没有冻坏，虽然之前通知过各家各户保护水表，李卫国还是不放心，得亲自去看。还有那几户孤寡老人，这么冷的天，别冻着了……李卫国越想事越多。

李卫国边想边走，踩着积雪向村委会外面走，两排十厘米深的脚印在他身后延伸。没多久，他抱着一捆稻草又回到村委会的办公楼。进了屋，踩掉脚上的积雪，上了三楼的宿舍。一进屋放下稻草，一声不吱地开始编草绳。这活李卫国干起来轻车熟路，他分拣出十几棵稻草，在根部打个结，一只脚踩住，往手心里吐口口水，将稻草分成两半，交叉在手心里一搓，再交叉，再搓，不时添上几根稻草，草绳顺着他的手心不断生长，不到一分钟，一根两尺长的草绳就编好了。

"老公，你搓那个干吗用？"

孙茜正刷牙，含着一嘴泡沫问他。

"等会你就知道了。"李卫国对孙茜露出一个得意的笑。

"说不说？说不说？"

孙茜几步窜到李卫国面前，把满嘴的泡沫往李卫国脸上凑。

"哎呀！这狗粮天天撒，我们这些单身狗都被撑死了！"

"你们虽然是单身，却有无数美女可以去追求，我们家李卫国只要我一个老婆，我秀个恩爱安抚他一下嘛！"

哄笑声中，孙茜洗漱完去了食堂。

八位扶贫队队员全部到齐没一会儿，孙茜甜美的声音从食堂飘上来："楼上的客，下来吃早饭喽！"

早饭是面条。一人一大碗。红色的西红柿辣酱、黄白相间的姜米和蒜泥、绿色的葱花上卧着一个荷包蛋，看上去让人食欲大开。这大冷天的，没有什么比吃上一碗热腾腾的热汤面更合适的。

"哎呀！书记，传授点经验给我们嘛，我们也找个像嫂子这般上得厅堂下得厨房的贤能夫人，不然脱贫攻坚一结束，我们的胃都会哭的！"

"这个嘛，告诉你们一个秘诀：首先得有力气。"

李卫国一本正经地说，队员们巴巴地听，生怕漏掉一个字。

"为啥得有力气呢？因为你们这位嫂子是我在路上捡到的，我用大背篓这么一兜，就扛回家啦！"

哈哈哈……队员们集体爆出一阵哄笑。

"你个李卫国，看你每天脱贫攻坚忙的，心疼你舍不得打，你还自己找打来了，过来……"

李卫国眼看着孙茜拿着筷子凑过来，端起碗就跑去走廊，孙茜追了出去，村委会楼内的角落瞬间被笑声填满。

早饭在嬉笑中结束，八位扶贫部队员准备向各自包保的组进发。李卫国每人发了两根草绳，要他们绑到鞋子上。

"绑那个干吗？"从小在城里长大的孙茜从没见过稻草还可以这么用，好奇地问道。

"防滑，防滑，车轮上铁链，咱们上脚绳。"李卫国边说边给孙茜的鞋上绑草绳："绑住我这个傻白甜的媳妇，免得她一呲溜滑沟里去，就不知道被谁捡回家呀！"孙茜顺手轻轻捶了一下李卫国的肩膀："你还说！"

村委会再次响起欢笑声。

队员小军一脸羡慕地看着李卫国："啧啧啧，有媳妇的人就是不一样……"

队员刘强看不过去，怼了小军一句："你这是酸葡萄吃多了，自己没本事，还怪人家撒狗粮。"

"哎呀不是怪书记撒狗粮……咱也不是没本事找媳妇，可你看眼下我们天天待在村里，哪有时间去追女朋友谈恋爱嘛！"小军一脸的委屈。

"走！走！走！废话多！尽说屁话不好好干事，活该你打光棍！"刘强拽着叽叽呱呱的小军就往雪地里走。

村口马路边立上"路面凝冻，禁止车辆通行"的牌子，一行人在村口各自散开，很快，山坡那边洁白的"被面"印出好几道长长的暗花。

刚开始孙茜嫌弃草绳绑在鞋子上不好看，说："奇丑无比！"她取掉草绳，发现地面上的积雪凝冻结冰，每一脚踩下去都听到清晰的碎裂声，每动一下脚都战战兢兢，吓得又让李卫国给重新绑上了。若没草绳，定会一步一滑一步一摔。

李卫国捡了根树枝给孙茜当拐杖，牵着她的左手向前走。没一会儿孙茜的右手就冻僵了，几乎握不住拐杖，她用左手紧紧握了握李卫国的右手。李卫国的手又大又粗糙，但是这粗糙的大手却像电热宝一样，给她注入一股坚实的暖流，这一股暖流涌遍孙茜的全身，她右手用力握住拐杖，继续向负责的组走去。

组里多是老人和孩子，青壮年劳动力都外出打工，春节尚远，外出的青壮年归期尚远。

突降的大雪把老人和孩子的梦都封住了，很多户人家还没醒来，村子里静悄悄的。李卫国和孙茜慢慢查看房前屋后，尽量不发出声音，不吵了他们的美梦。李卫国一一检查，看房子、猪舍、牛圈有没有被雪压坏；自来水管有没有冻裂等。这一看不要紧，好多家的水表因为没保护好，已经爆裂。李卫国拿出笔记本，一一记下。

工作队只有孙茜一个女性，她厨艺好，除了帮扶组的工作之外，厨师的重任便自然而然地落到她肩头。一圈检查下来，十点过了。孙茜得赶回村里给队员们煮午饭。

两人走到张正榜家，恰好是个岔路口，李卫国打算继续挨家挨户查看，孙茜要下山回村煮饭。李卫国蹲下检查孙茜脚上的草绳。

张正榜老妈蔡大娘刚好打开门，看到李卫国与孙茜正在院门口，蔡大娘就急忙招呼："李书记、孙医生，天这么冷，你们怎么上来了？来，来，来，快进屋来，吃了饭再走！"孙茜连忙道谢，说："村里已经做好了，等着我们回去吃。"

"进来，进来！喝杯热茶暖暖身子再走，天这么冷还上来，冻坏了！"蔡大娘边说边向院门口走着跑出来拉人。

"好！好！好！我们喝完茶再走。"李卫国应和着蔡大娘，和孙茜急忙迎上去，生怕蔡大娘摔着。

"你们已经来过我家了？看到院子里几排脚印。"蔡大娘问。

"是，我们已经来过您家了，估计您睡着呢就没扰您。"

"你们真是太好了！我儿子不在了，媳妇也在外面打工，你们天天来看我，我觉得我儿子还活着……"蔡大娘的眼泪哗哗往下流。

"哎哟，大娘不哭，现在政策那么好，您孙女又乖，媳妇也孝顺，打工挣钱养着你们，日子会越来越好的，不哭啊！"孙茜搂着蔡大娘的肩膀劝慰着，自己的眼泪却不争气地掉下来。

李卫国和孙茜两人不敢多说话，怕话越多蔡大娘越伤心。喝过一碗茶两人就起身道别。蔡大娘三两下扯掉扫帚上的竹棍，递给孙茜："你那树枝不好用，给！这个棍子更硬实。"孙茜接过蔡大娘递过来的棍子，鼻尖一酸，轻轻拥住蔡大娘，眼泪又往眼眶外涌。

好不容易从蔡大娘家出来，一看时间已经十一点多了，李卫国实在不放心孙茜一个人走山路："没剩几家，一会儿我自己上来就行，先给你送回去煮饭。要不那几个小子中午一回来，冷锅冷灶的，饿着他们我也心疼。"他边说边拉着孙茜往回走，步子有些急，孙茜几乎是小跑才能跟上。

孙茜的手冰凉冰凉的。这双手，当初结婚时细皮嫩肉的，现在变得有些糙了。李卫国心疼着把孙茜的左手包在手心里，捂着，攥着，走着……

远远地能望见村委会房子了，李卫国干脆把孙茜的左手揣进了自己的口袋里。孙茜从没走过这么远的路，还在这样的大雪天。看着疲于赶路的孙茜，李卫国恨不得把她揉成一团，揣进怀里捂着，捧着，疼着。想着县城里的母亲和两岁的儿子，这大雪寒天的，自己心头的一老一小又是怎么过的呢？"唉……"李卫国忍不住轻叹一声。孙茜也跟着唉了一声，两人就到了村委会，各自忙活开了。

李卫国和孙茜的家在距离村委会几百里之外的县城，当初两人同时被抽调下乡扶贫，家里就留下六十八岁一瘸一拐的婆和刚满迈开步子的两岁的娃。即使心里有一百个放不下心的理由，两人还是义无反顾地接受了下乡扶贫的任务。

近几个月，一老一小互相依靠着，每一天过得倒也还行。

李卫国和孙茜异口同声叹气那会儿，这边，娃刚把上午觉睡完醒来。婆给孙儿穿好衣服，抱着孙儿一瘸一拐地走到客厅，把孙儿放到沙发上坐好，再用电暖炉的围布给孙儿双腿围好，轻柔地说了一句："贝贝乖啊，婆给你煮好吃的去。"就去厨房给做吃的。婆的腿半年前得了风湿性关节炎，右腿伸不直，好似短了一截，走路就成了一瘸一拐的样。

"啊树啊上两只黄鹂鸟。"好像妈妈的声音。

"啊树啊上两只黄鹂鸟！"小女娃的声音。

门外有人唱歌，贝贝双手抱住齐腰的塑料方凳，一步一磕地向门口移动。到门口，放下凳子，一手抓着门把手，一手扶着凳子，爬上去，再站起来，踮着脚尖趴在猫眼往外看。

歌声是从对门传出来的。门开着，一对母女坐在屋里唱着歌。贝贝知道小女娃叫苗苗，苗苗的妈妈叫阿姨。贝贝也会唱这首歌，也是妈妈教的。只是，他不记得妈妈什么时候教的，也不记得妈妈有多久没教他唱歌了。

"阿姨教唱歌了。"贝贝踮着脚自言自语。

"啊树啊上两只黄鹂鸟……"

贝贝跟着刚刚唱完这一句，苗苗一蹦一跳地唱着走到门口，阿姨跟着过来，牵着苗苗的手，另一只手随手一甩，咣的一声，门就关上了。贝贝盯着对家门上的猫眼一动不动，可是，他怎么也无法穿过那只猫眼，看到阿姨和苗苗。那扇门把声音也挡住了，再听不清她们唱歌。

"哎呀，小祖宗！快下来，快下来！当心摔下来把你小屁股摔成两半！"

贝贝趴在门上，一动不动，他的眼睛好像长了钩子，能把对面的门钩开，看到门里的一切。婆的声音比步子快很多，过了好一会儿，婆才一瘸一拐走到贝贝身后，把贝贝拦腰抱下来。

贝贝横挂在婆腰上，手脚乱扭："不下来！不下来！我就要看！就要看！"

"外面有什么？还把你粘门上舍不得下来了，你看你这小手，冻得跟冰凌一样！"

婆放下贝贝，把眼睛凑到猫眼里往外看，过道空荡荡的，鬼影都没有！

贝贝身子还没站稳，又折回去爬凳子。

"你今天着魔了？"

婆二话不说，直接把贝贝抱住，往客厅电炉子那边走："吃饭去，婆给你做了你最爱吃的黄水粑。"

婆的眼睛早就到了电炉子上那盘黄水粑上，可是腿脚就是跟她较劲，半天迈不出去两步。因为这不听话的腿脚，婆都不敢带贝贝外出，怕摔着、怕车子、怕丢了，什么都怕，只能天天把贝贝关在家里。

客厅终究没有脚步长，婆再慢，也顺利把贝贝抱到了沙发上，用电炉子的围幔给他围住。剥开一个黄水粑，用筷子穿上，吹了吹，递给贝贝。

贝贝咬一口，直接把黄水粑往盘里一扔，没扔准，掉地上了。

"不好吃！要尧上的黄水粑，要妈妈来，妈妈来！"

"你看你看，糟蹋粮食了！"婆慌忙弯下腰把黄水粑捡起来，吹吹，送嘴里吃了："那你要吃什么？婆马上去给你做。"

"不吃！不吃！要给妈妈，打电话，要妈妈回来！"贝贝踢着腿，眼里有了泪花。

"你妈忙得很，别整天打电话吵她。"婆嘴上不答应，手已经开始拨打儿媳的电话。

电话响了好半天，才听到声音："妈，妈？"

电话里声音不太清楚，隐约听到在叫妈。

"茜啊，没什么事，就是贝贝，他要找你。"婆半天没走到沙发跟前，贝贝飞快地跑过来，抢过婆手里的电话。

"妈妈，快来，你不要我了吗？"

孙茜的声音断断续续的，听不清楚一个整句。贝贝着急了，大声喊："妈妈，妈妈！我是贝贝呀！我都好久没见着妈妈了！妈妈！"贝贝的眼泪已经哗哗掉下来。

"贝贝？是妈妈，能听见吗？"

"妈妈，你不要贝贝了？贝贝好想妈妈，苗苗姐姐有妈妈，贝贝没有妈妈。"贝贝号啕大哭。

"乖孙儿呀我们是男子汉，不哭，不哭！"婆慌忙把贝贝搂在怀里，接过电话："你们天天去村里，什么时候是个头啊？孩子都在家里憋坏了。"

"妈，这是我们的工作。"

"茜啊，你们早些回来吧，我倒没什么，可怜贝贝，屁大个娃娃，天天见不着爹妈。"

"妈，听见了，听见了。"

"我叫你们早些回来，贝贝天天关在家里，想你们呢！"

"妈，有您在家守着贝贝，我们放心，现在天冷了，注意别让他玩水，冻着。"

"嗯，嗯，没玩水，家里火炉暖和着呢，冻不着。"

"那你自己得小心啊！"

"喂？喂？喂？"

婆使劲对着电话吼，里面没有半点声音，每次都这样，说着说着就没声音了。

"妈妈回来吗？"贝贝还带着哭腔。

"你妈妈在乡下，有工作，回不来。贝贝乖，婆不是天天在家陪你的嘛。"婆把贝贝抱起来，慢慢走到沙发上坐下，贝贝脸上还挂着泪水。

"婆，我们去乡下？"

"傻瓜蛋，乡下有什么好！乡下又穷又苦，你看，给你妈打个电话都没声音，有什么好的！在家多好呀，有好吃的，也冻不着。"

婆把贝贝紧紧地搂在怀里，把贝贝的鞋子脱掉，把小脚揣到自己衣服里。

"乡下不好，爸爸妈妈还去，还不回家？"

婆不知道怎么回答贝贝，只是把衣襟撩起，拉着贝贝的小手往里面去。

贝贝的小手往婆胸口摸去，捏住婆的奶头，把头埋进婆怀里。晚上睡觉，为了哄他快快睡着，婆总把自己干瘪的奶头放到贝贝手里，贝贝都快忘掉妈妈的奶是啥样了。

炉子暖暖的，婆靠在沙发上睡着了，抱着贝贝的手也渐渐松开。

"这个破地方！"

孙茜狠狠地甩了甩电话，好像能把信号甩出来一样。孙茜正要重拨过去，听到后面有人喊李卫国。

"李书记，蔡大娘摔倒了，腿不能动，我们说送她去医院她不肯，打你们电话也打不了，没信号，微信也没反应。"

是刘强他们几个，他们包片的组比较远，回来正好经过蔡大娘家。

孙茜的心咯噔一下，刚刚婆婆打电话来，也不知道是不是家里出了什么事。她打开微信一看，又关掉，婆婆不会用智能手机，打开微信也没用。

李卫国打开手机，发现自己没开手机流量，没连接网络。

"走，回去！"

"吃完饭再去吧，现在马上十二点了。"刘强大声说。

"不行！蔡大娘年纪大了，天这么冷，耽搁不得。"

"嫂子别去了，她好不容易走下来，让她在村委会守着。"

"我们几个只有她是学医的，蔡大娘摔着了，当然得她去，了解伤情最重要。"李卫国握了握孙茜的手，不再说话，双眼默默地看了看她。

"走！"孙茜把竹棍重重地往地上一杵，向山上走去。

天气依然很冷，八个队员却大汗淋漓，每走一步，都会有汗水滴落，砸在厚厚的积雪上，不断砸出一个个小小的印迹，在凌乱的脚印周围，一路点缀出小小的星。

一点钟，八个队员到达蔡大娘家。

蔡大娘伤得很重，躺在老式竹沙发上，右腿完全不能动，膝盖没问题，估计是大腿骨摔断了，腿肿得厚厚的。

"得马上送县医院，耽搁不得。"孙茜说。

蔡大娘看到八个干部汗水咕咕往外冒，心疼得不行，知道他们肯定没吃饭又赶回来。叫孙茜先去做饭给大家吃，不然她哪也不去。

孙茜打开冰箱，看到一块新鲜的肉，认出是前两天给蔡大娘买来的，竟然没吃。

"大娘，给您买的肉怎么不吃啊？"

"就我跟孙女两个在家，我就想着等你们上来，做给你们吃。你们不吃我家的饭，以后我也不要你们给我买东西。"蔡大娘似乎有些生气了，孙茜赶紧迎合："吃！吃！我们今天不是在您家吃饭了嘛！"孙茜也确实饿了。路面凝冻不能开车，只能先把蔡大娘抬到村委会再想办法用车子送去县里，这一伙人不吃饭没体力，肯定不行。

孙茜把饭煮在电饭锅里，这电饭锅也是她买来的。以前，村里电弱，煮一顿饭得一两个小时，村里人都烧柴火，不用电饭锅。脱贫攻坚政策下来后，换了大功率变压器，线路全部改造，还给每家每户安装了宽带网络，通组路、串户路也修好了。唯一还没解决好的就是村里地势太高，手机信号不好，经常没信号。

孙茜做饭，其他人也没闲着，想着用什么办法把蔡大娘给抬回村委会。

没有担架，只能用木楼梯代替。路面还是凝冻的，要用楼梯把人抬回村委会很难，光有力气不行，还得解决防滑，一旦在路上滑倒，后果不堪设想。

之前搓的草绳不能再用，得换新的。李卫国在蔡大娘家拿了一捆稻草，重新搓草绳，这次搓得比早上的粗很多。刘强与其他几个人在木楼梯上绑了一床被子，一个枕头，好让蔡大娘躺在上面。

一切准备就绪，饭也好了。

菜很简单，一个酸豇豆肉末、一个白菜汤，酸豇豆是蔡大娘自己腌的，白菜也是蔡大娘自己种的，没有化肥，也没有添加剂，吃起来格外香。

六岁的胜男吃得很快，一会儿就吃完一碗。她也饿坏了，蔡大娘就是一边煮饭一边煮猪食，到猪圈楼上抱柴时摔断了腿，被刘强他们看到弄进屋，到现在才得饭吃。

蔡大娘端着碗半天不动筷子，孙茜发现不对劲，以为她手也动不了，放下碗筷就要喂她。

"不，不，不，那个，孙医生，我不想去医院，我请个当地土医生包点草药就行，一把年纪了，哪那么金贵，我不能去花那个冤枉钱！前些年给我儿子治病的钱还欠一屁股债没还，我不能再给家里添债！"

"你担心这个呀？放心，大娘，现在国家新农合政策特别好，你去医院治疗，报销百分之九十的医疗费，花不了几个钱，再不会像你儿子以前那样治不起病。"

"真的？"

"真的！年初让你们交合作医疗费的时候不是跟您说过吗？您忘记啦？"

"没忘，我就是，就是不放心。"

"放心，放心！咱们国家绝不会让一个老百姓看不起病，绝不会让一个老百姓挨饿受穷，共产党派我们攻坚队天天来干吗了？就是带领大家摆脱贫困，过好日子的！放心吃饭，吃完咱们赶紧去医院，不能耽搁！"

"好，好，谢谢你们，谢谢共产党，谢谢政府……"

蔡大娘大口大口吃着，泪水奔涌。

吃完饭把蔡大娘弄上用木楼梯做成的担架，已经下午两点多。胜男太小，不能让她一个人在家，孙茜决定把她带回城里，让她在自己家，跟贝贝正好有伴。

李卫国联通蔡大娘家宽带，通过视频跟镇长取得联系，向镇长汇报情况后，请求他派镇里的越野车到村委会支援。把蔡大娘抬到村委会后，只有越野车才能把她送到县城。

大家以前都没怎么干体力活，突然把一个人抬到肩上，还加上原本就很重的木楼梯，各个人都被压得龇牙咧嘴。脚底是厚厚的凝冻的积雪，每移动一步都异常艰难。

胜男鼻子冻得通红，却坚持自己走，不肯要叔叔背，她说："叔叔要抬婆，多一个人背我，就少一个人抬婆了。"

孙茜眼里闪着泪花，把胜男护在自己身边，牵着她的小手稳稳地在雪地里行走。她突然发现，自己不但不需要李卫国保护，还可以保护别人了。

几个人抬着蔡大娘蜗牛一样在雪地里爬行，眼看天就要黑了，终于看到村委会的房子就在前面不远处，从来没觉得村委会如此亲切。

婆抱着贝贝靠在沙发上睡着了，响起均匀的鼾声。这时，外面又传来说话声，贝贝从婆怀里溜下来，抱着凳子往门口走去。

爬上猫眼，看到住在对面的苗苗穿着毛茸茸的衣服，还戴了一个红色的帽子，帽子又尖又长，吊在脑后，像个漂亮的尾巴，尾巴上有白色的小绒球，阿姨围着红色的围巾，跟苗苗的帽子一样的颜色，好看极了！苗苗牵着阿姨的手一步一跳地下楼，小绒球在她身后欢快地跳舞。

贝贝眼巴巴地看着她们走向楼梯，很快就看不见了。贝贝突然想起自己也有一个那样的帽子，他爬下凳子，去房间里找，抬头看到房间里挂着的相框，相片是他戴着那个帽子，手里拿着漂亮的彩色荧光球，爸爸抱着他，妈妈在旁边开心地笑。

贝贝打开衣柜找帽子，飞快地把衣服扒拉出来，地上铺满了，就是不见那个长着长尾巴的帽子。

贝贝抬起头，眼巴巴地看着挂在墙上相片里的那顶红帽子，和爸爸、妈妈。

贝贝把凳子搬进房间，爬上去，照片挂得太高，他站在凳子上仍然够不着。贝贝趴在墙上盯着相片看，突然他飞快下来，跑到婆的房间，婆的房间外面有个阳台，婆天天拿着一根竿子晾衣服。贝贝拿起晾衣竿就跑回屋，把晾衣竿举起来，还是够不着，再次爬到凳子上，举着晾衣竿去顶相框。顶了几次相框都没动静，贝贝双手举起晾衣竿，使劲往上一顶，相框落下来，一分不差地砸在贝贝头顶，咣当一声，掉到地上，玻璃碎成无数块。贝贝的头破了，人也从凳子上摔下来，掉在玻璃碴上。钻心的疼痛让贝贝的哭声刺穿几面墙，直冲婆的耳朵。

"贝贝！贝贝！"

婆瞬间惊醒，步子比任何时候都快，一分钟不到，就扑到了贝贝面前。

"天菩萨！"婆看着贝贝的额头突突地冒着血，已经看不清脸了。婆急忙去抱贝贝。贝贝哭得更凶了。

婆的手缩回来，贝贝身上扎满碎玻璃，婆的手也被扎出血来。

婆的身体开始发抖。

"天菩萨！怎么办？怎么办呐！"

婆站起来，扑向客厅，抓起电话拨打李卫国的电话，好半天没动静，接着就听到一个标准的声音："您拨打的用户暂时无法接通，请稍后再拨。"

婆挂断，再拨打孙茜的电话，电话里再次传来机器人的声音。婆顾不上听，再次挂掉电话，抓起茶几上的餐巾纸就往屋里冲。

不敢再抱，婆用纸将贝贝额头摁住，不一会雪白的纸就红透了。婆扔掉，取了更厚的一叠，摁住。另一只手抓起地上一件厚厚衣服，铺到碎玻璃上，把贝贝拉起来，让他站到衣服上，一颗颗取贝贝身上的玻璃碴。

外面天已经黑了，婆抱着贝贝下楼，不时嘴里吼一声，楼梯间的灯受到惊吓，颤颤地亮起，似睡梦中没有清醒，婆还没走完一层楼梯，它又睡着了，婆便再吼一嗓子，灯复又亮起来。

楼层并不高，三楼，但婆却花了十几分钟才走下去。刚走到楼下，就看到对门的丽丽拉着女儿苗苗的手回来了，苗苗手里拿着两个彩色的荧光球。

"天啦！贝贝这是怎么了？快！快！快！上车，我送你们去医院……"

丽丽迅速骑上踏板车，苗苗站在前面，婆抱着贝贝坐在后面。踏板车轰鸣，向医院冲过去，丽丽红色的围巾如旗帜飘扬……

鼓足最后的力气，李卫国一行人终于把蔡大娘平安抬到了村委会。越野车已经等候多时，按镇长安排，由李卫国与孙茜送她们祖孙俩去县城，也算给李卫国一个回家的机会，他已经几个月没回家看母亲和孩子了。

上车后，李卫国联系县医院急诊科，请他们一个半小时后在门口接病人。

晚上七点多，越野车停在医院门口，医院的护士迅速把蔡大娘抬进去，拍片检查。

办好住院手续，孙茜这才掏出手机给婆婆回电话。

电话一接通，就听到婆婆的哭声。

"茜啊，你可打电话回来了，贝贝，贝贝他，他脑壳砸破了。"

孙茜的手机咣的一声掉到地上，她愣了一会儿才把手机捡起来，见电话还通着："妈，贝贝怎么了？"

"贝贝脑壳砸破了！"

"怎么砸破了？在哪里？"

"在医院，吊针呢。"

"哪个医院？"

"县医院三楼。"

"外科三楼？我马上到！"

孙茜发疯一样往外科跑，跑了几步又折回来喊："李卫国！李卫国！去外科！儿子在外科！"喊完后又撒腿向外科跑。

李卫国听到孙茜叫她，看到孙茜飞快地在跑，也没听明白孙茜在喊什么，急忙去追。

到了外科，正四处找，就看到邻居丽丽提着一个保温盒过来。

"哎，你们这么快就到了？不是没打通电话吗？"

丽丽看到李卫国与孙茜，非常吃惊。李卫国与孙茜一脸懵地看着丽丽。

"哦，你们还不知道贝贝受伤了？"

"知道了，刚知道，还没见着人。"孙茜终于反应过来。

"来，跟我来，我正好给他送汤呢。"丽丽领着李卫国与孙茜向病房走去。

"贝贝！你看谁来了？"刚刚走到六病房门口，丽丽就开心地喊贝贝。

孙茜一步跨上前，看到贝贝头上手上缠得跟木乃伊一样，哇的一声就哭开了："都怪我！都怪我！是我没看好贝贝。"

见到孙茜，婆婆也哭着一个劲儿怪自己。

"妈妈，不哭，贝贝都没哭，不是婆砸的，是贝贝淘气。"贝贝伸出缠满绷带的手，给孙茜擦眼泪。

"妈妈不哭，妈妈不哭。"孙茜抱住贝贝，又飞快放开，不知道贝贝还有哪里受伤，生怕再给贝贝弄疼了。

"就是头被相框砸伤了，缝了十二针，手是被玻璃扎的，皮外伤，不严重。"丽丽知道孙茜担心，给她说了病情。

十二针！十二针！孙茜觉得自己心都要碎了！

"我妈腿不好，是你把贝贝送到医院来的吧？谢谢你！太谢谢你了！"孙茜跟丽丽道谢。

"谢什么，我们是邻居，远亲不如近邻，苗苗她爸驻村这几年，你们也没少帮我。来，贝贝，喝鸡汤，阿姨特意给你熬的。"

"贝贝，喝，喝了好得快，我们一起玩球。"苗苗举着两个闪着荧光的彩球，叫贝贝喝鸡汤。

"你们吃饭没有？我家里还有鸡汤，要不你们先去我家里吃饭，我在医院看着贝贝。"

"不了不了，你跟苗苗先回家，真是辛苦你母女俩了！"孙茜走过去抱着丽丽，心里千万个感谢，一个字都说不出来。

"哦,对了,刚刚碰到一个朋友,安装监控的,我问他要了一个,晚上你拿回家去安上,你们村里手机信号不好,不是有宽带吗?安个监控,可以在手机里看到贝贝他们婆孙俩。贝贝他婆不会用智能手机,安个监控最合适。"丽丽从包里拿出一个摄像头递给孙茜。

　　"这个?我们不会安装呀。"

　　"我已经给你问清楚了,这种是3G模块内置摄像头,很简单,只要把摄像头装在家里,按里面的拨号和域名连接后就可以传输工作了。反正有操作手册,你按上面操作就行了。"

　　孙茜接过摄像头,只是抱着丽丽,一句话都说不出来,眼泪吧嗒吧嗒往下掉。

　　第二天,李卫国又回村去了,孙茜留在医院照顾蔡大娘,贝贝只是外伤,不需要住院,只是等伤口长好去医院拆线就行。

　　家里的监控已经安装好,晚上,孙茜打开监控,看到贝贝跟胜男正站在摄像头下面,贝贝仰着头,眼睛一眨不眨地盯着他头顶这个新的猫眼。

挠痒痒

一

　　刘友和小满终于拿上了结婚证，这对新人还差一个婚礼。按他们当地风俗，在众亲友、乡邻的见证下拜过祖宗的新人才算成为真正的夫妻。

　　小满有些不满，因为刘友太忙了，婚礼必走的程序全部一推再推。这次终于板上钉钉，今天领了证，婚礼时间也敲定在正月初四，也就是七天之后。

今年，脱贫攻坚已经通过省级及国家级验收，但刘友妹妹在武汉上大学，刘友也还在村里继续驻村，就把婚礼定在正月初四。国家法定假日，不影响妹妹学习，也不耽误刘友的工作。在举国欢庆的春节假期举办婚礼，怎能不高兴啊？这是喜上加喜！

从民政局出来，刘友把小满送到小区门口，骑着摩托车直奔村里。风冷冰冰、咋呼呼地扑打着刘友的脸。刘友不把头盔挡风罩拉下来，也不觉得冷，反而觉得这风无比可爱，像小满搞的恶作剧，时不时用冰凉的小手在他脸上来一次偷袭。

二

小满坐在沙发上拿出婚礼手账，想着还有没有什么事什么人要通知的、要办的。婚礼是个仪式，但这个仪式，小满格外看得重，不想再出现任何变动、一丝纰漏。

小满一抬头看见客厅里的星月吊灯，去年她和刘友正在选这款吊灯时，刘友的电话响了。电话里说派驻五星村的第一书记生病，临时改派刘友去驻村。婚礼不得不延期，小满心里委屈不干了，装修的事也拖到今年才完成。

小满在卧室、客厅、厨房、阳台看了看，八十平方米的房子每个角落都保持着喜兴，就等二位新人入场了，这一等就是一年。

婚房很干净，装修完后彻底打扫过一次就一直空着。上周末安装家具电器后又打扫了一次。今天才周三，完全不用打扫，可小满就想让婚房一尘不染。

主卧室挂着小满和刘友的婚纱照，看到婚纱照，小满想起去村里陪刘友走访贫困户时看到的一幕画面：两位老人牵手走在夕阳下。远远看去，那种宁静的美好让小满顿生向往，这不就是我们一直渴求的"执子之手，与子偕老"吗？

小满特别羡慕走在前面的二位老人，就问刘友认不认识这两位老人。

"杨再奎与老伴李其玉，杨再奎84岁，李其玉87岁。"刘友打开手机，找出一张两位老人牵手走在路上的照片给小满看："他俩只要出门，就会手牵手。"此时，照片里的人活了，就在小满眼前的路上手牵手走着。小满的眼睛无法从他们身上移开，一步一步跟着他们走。遇到有坡坎的地方，杨再奎的步态变得更慢，小心翼翼地护着李其玉。小满没有上前帮助，她怕自己一出现，就破坏了这美好的画面。

两位老人走进一户人家，小满的眼睛舍不得移开。刘友知道小满的心思，领着她走进去。这是二老的儿子家。刘友与主人说话间，李其玉笑着问："是刘书记来了吗？"小满心里一颤，这才发现李其玉双目失明。"刘书记"竟然住进了失明老人的心里！小满悄悄给刘友比了个大拇指，刘友向她会心一笑。

小满轻轻触摸了一下婚纱照里刘友的脸，转身走出主卧室，走进了次卧，目光停留在一个纸箱上。小满想起来这是刘友为他那个七十岁的智障贫困户买的年货，还没来得及给他送去。

这位老人小满是知道的，她还与刘友一起去给他家里打扫过卫生。那个周末小满去村里看刘友，晚饭后刘友骑上摩托车带小满去入户，小满不肯坐车，她还想走路，她也想感受一下杨再奎老两口那种执子之手漫步在天地间的恒久之爱。

"现在要去山顶，步行得一个半小时，你以为是晚饭后散步呀？快上来吧。"小满坐好，摩托车轰轰轰喘着粗气向山顶冲锋。

"现在要去的'五保户'杨有进家，是一位七十岁的智障老人。"刘友不时向小满介绍一下要去走访的贫困户。时值10月，天气微凉。第一次晚上坐摩托车爬山，小满心里满是新奇。农家的灯光渐次亮起，天上的星星也悄悄露头。乡村马路虽经过水泥硬化，依旧蜿蜒陡峭。刘友轰着大油门向前，小满抱着刘友的腰，把下巴搁在刘友的肩背上，时不时抬头看看天上的星星。乡村的夜色如处子般宁静美好，有刘友在前面挡着，风吹在脸上柔和许多。小满开心极了，不断发出欢呼。刘友侧转头说了一句："到了杨有进家你就高兴不起来了。"小满使劲在刘友背上蹭了蹭，噘着嘴抗议。

三

二十分钟左右，摩托车停在马路边，还没看清眼前是什么东西，小满心里的"宁静美好"一下子就被一股臭味淹没了。

杨有进住的是民政保障性住房，一个人六十平方米的房子，够宽敞。然而屋前的水泥空地上是一个垃圾棚，木柴乱堆，鸡、鹅养在棚里，不断发出臭味。推开门，又是一股臭味扑来。杨有进捡来的各种垃圾堆在门口，床前一堆没砍完的猪菜，床上的被子油腻发亮，根本看不出原来的颜色。一张矮桌子上摆着一个菜碗，也是一团黑，看不出菜色。原本是配套的厨房与卫生间，杨有进在卫生间里养了猪，上厕所便与猪一起，粪便的味道熏得小满想要割掉鼻子。

刘友眉头都没皱一下，耐心跟杨有进说要拆掉屋前的垃圾棚，清理屋里的垃圾。

"我不拆！遮雨的！屋里这些东西我要卖钱的！"杨有进既不同意拆垃圾棚，也不同意清理垃圾，一屋子的垃圾都是他一点一点捡回来的"宝贝"。

"走，我们先去另一家，没办法跟他讲道理，得想办法把他的垃圾棚拆掉，把屋子收拾干净。"刘友带着小满向另一家出发。

小满再也没心情欣赏迷人的夜色了，大口大口呼吸着，想要全身来一次大换气，把刚刚吸入的臭味全部换出来。

刘友带小满走了他包保的三户建档立卡户，每户交谈一个多小时，时针已指向深夜十一点，老百姓该睡觉了，刘友载着小满往村里赶。

小满的心情异常沉重，仅仅当晚走访的四户建档立卡户已让她倍感压力，还有五户不知具体情况，还有全村的资料、两个组的脱贫工作，她不知道刘友是怎么受得住这么沉重的工作量的。此刻风吹在脸上，只觉阵阵凄凉，银色的月光洒在村庄上，小满丝毫感觉不到美好，心里徒增一缕惆怅。

见小满一路无话，刘友说："也没那么难，慢慢来。"小满听着心疼得不行，却也找不出反驳的理由。

刘友向攻坚队汇报杨有进家的卫生情况。其实他早就向攻坚队汇报过很多次，这次再次汇报，是想尽快解决问题。一次远程电话会议下来，攻坚队已有了解决方案，村里正好有刘友领导送来的新棉被、衣物等物资，第二天集中力量整治杨有进家的环境卫生。

第二天一早，村主任开车把杨有进载到村委会，给他发放民政部门救助的棉被、衣服、洗洁用品。刘友和几位村里的工作人员赶去杨有进家拆除垃圾棚。

垃圾棚拆除后，之前联系好的工人立刻开工，为杨有进家搭建钢架雨棚。

杨有进回来看到正在安装的崭新的钢架棚，确实比他原来的垃圾棚好得多，便没反对，只是看到他屋里的很多捡来的东西都被扔了，非常恼火，看到刘友便一通吼："你们把我的东西全部丢了，我还要的！"

"东西丢了不怕，旧的不去新的不来。你看，旧的棚棚拆了，才能搭新棚棚，旧的东西丢了，新的、好的东西就来了。旧的东西不丢，天天就只有旧的、烂的，是不是？"刘友耐心引导杨有进。

"对对，旧的丢了，刘书记帮你买新的来！"小满赶紧顺着刘友的话向杨有进承诺。

"他现在不是缺东西，是缺收拾。"刘友低声对小满嘟囔了一句，这句是说到点子上了。

刘友继续耐心地引导杨有进。杨有进一直皱着眉头听着，突然笑呵呵地朝着大门口拍着巴掌喊起来："还是新的好！"是刘友托朋友找的一个货架和一个木柜由搬运工拉到杨有进家。

杨有进的屋子根本不能叫屋，叫垃圾堆更贴切。脚都不知道往哪里踩，更别说放置物架与木柜。首先要把杨有进的杂物清理出来，才能把置物架与木柜放进屋。

周末小满与刘友一起去给杨有进打扫卫生，每清理一样东西，就会掉落许多灰尘，发出刺鼻的气味，不断有虫子爬出来逃命。约三个小时才把满屋的东西清理出来，刘友提起屋角最后一个重重的口袋，一只老鼠从里面钻出来，吓得小满飞逃出去，比老鼠跑得还快！小满的身体被各种臭味腌制，已变成纯正的臭肉干，胃里气流上涌，趴在路边干呕不止，刘友却还在忍着恶臭清扫地面。

屋子清空了，得把置物架和木柜搬进屋里。木柜很重，小满本想搭把手，试着抬起木柜的一边，根本抬不起来。没想到一身书卷气的刘友竟独自一人搬动木柜，面对他瘦弱身体里爆发出的惊人力量，小满才真正体会到"男"字为何下面是一个"力"。

刘友把杂乱的东西一一归类，清理掉上面的灰尘，分层放到货架上。最下面是地里产的南瓜、红苕等农产品，中间是肥料、生活日用品，最上面放米、油、面等食物。新被子、衣服等全部放进木柜里，锅碗瓢盆全部归置好放到柜子上面，床单也换上新的。到下午六点，六个多小时，杨有进的屋子终于有了新气息。刘友环看一圈，发现还缺个碗柜，只能等下次再送来了。

"你以后要记住，这个是刘书记，他是你的帮扶干部，你这些东西都是他送给你的。"整理结束，累得直不起腰的小满临走前跟杨有进交代。因他是智障，小满担心他记不得刘友。

"别说了，他记不住的，上车吧，还有很多事等着我呢。"刘友轻声说了一句，骑着摩托车载着小满回驻村点。

驻村的人没有固定下班时间的，刘友常常凌晨两三点钟还在忙活着。小满记得刚认识刘友时，他满头乌发黑油发亮，仅仅驻村一年时间，二十几岁的刘友头上已有银光闪烁。

小满还记得那次从村里回来，约好了和刘友去选木地板，之后去看电影。木地板选好了，刘友却骑着摩托车载着小满往农贸市场跑。原来，他心里还惦记着为杨有进买碗柜。碗柜买到了，电影却没看成。小满没有埋怨刘友，亲眼看过刘友驻村的辛苦，小满越来越理解刘友了。

　　碗柜是组装式的，各种零部件有很大一个箱子。刘友还给杨有进买了一张吃饭的折叠式小方桌、一床换洗备用的四件套。

　　刚刚买好，下起雨来，幸好雨不大。刘友和小满冒雨往杨有进家赶。大箱子绑在摩托车一边，小满只能横坐在另一边。刘友的摩托骑得很慢，小满能感受到他的担心。小满安慰他："不怕，你只管骑好车，大箱子我看着，我坐得稳，不会掉下车。"小满嘴里安慰着刘友，也是自我安慰。小满第一次横着坐摩托车，大箱子挡着，丝毫动弹不得，还是在雨中陡峭蜿蜒的乡村公路爬坡，小满的心跳与摩托车轰轰的鸣叫声应和着，抓扯她的神经。

　　总算到了杨有进家，门却是锁着的。刘友知道杨有进平时把钥匙藏在哪儿。找到钥匙，打开门，刘友把折叠桌子与四件套搬进屋里，也顾不上擦脸上的雨水就开始组装碗柜。小满也不在乎浑身湿透的不舒爽，在一旁打下手。没有专业安装工具，一根一尺来长的木棍充当锤子，刘友平时放在摩托车货箱里的夹钳与起子正好派上用场。别看是一个三层的小碗柜，但零件繁多，组装完成已经快五点了。

送木地板的老板打了好几个电话催促。刘友锁好杨有进的家门，把钥匙放回到原来的位置，载着小满冒着细雨又往婚房赶。

四

小满用抹布一遍遍擦地板，似乎地上还有刘友不断滴落的汗珠。她还记得自己那天报怨刘友对杨有进太上心了，一个智障老人，对他再好也不起作用，人都不认识，更别说什么感恩了，累死了也没人知道。刘友抹了一把脸上的汗水，把小满紧紧抱在怀里："我是单位派去的帮扶干部，我不帮他们，谁帮？你指望一个七十岁的老人记得我什么？要他感恩我什么？"

"人家是心疼你啦……"小满把头埋在刘友怀里，眼里噙满泪水，声音哽咽。

"我知道，我知道。"刘友摸着小满的头，沉默了很久："满，杨有进没儿没女的，你看，村里有人还瞧不起他，国家给了他特困供养金，不愁吃不愁穿，为什么还要派我们下村扶贫？就是要我们给他温暖给他爱，给他亲情，我做的这点事哪里够得上亲人的爱和温暖？"

"人家可没觉得你给他爱和温暖，人家骂你多管闲事。"小满可没忘记刘友挨骂的事。

"一个智障老人家，跟他计较什么？"

小满看着眼前这箱东西，知道刘友的心里一直记挂着杨有进。

原本说好的刘友从驻村回来后送小满回老家，可是刘友的妹妹打电话说今天下午到，要刘友去接站。小满只得搭堂哥的顺风车回家了，出嫁的事还有很多等着她去办。只等好日子一到，做个幸福的新娘。

小满一心都在当新嫁娘上，根本没注意新闻，也不知道武汉疫情正在蔓延，直到第二天早上刘友发烧拉肚子进了医院，刘友家所在的小区被整体隔离，她才惊觉可怕的新型冠状病毒有可能已经侵入了刘友的身体。小满急忙赶回县城，跑到县医院去看刘友，却被拦在外面。

"我是他老婆，我去看看他，就看一眼。"小满苦苦哀求，护士不为所动，小满只得往刘友家里赶，她想去看看刘友的妈妈，担心她承受不住压力。

谁知道又被堵在了小区门口，因刘友是疑似病例，整个小区已经完全隔离，只有医生定时进去给住户测量体温。

小满既不能去刘友家里，又没法去医院探视，还好刘友核酸检测及 CT 检查结果都正常，并没有感染新型冠状病毒。大年三十，刘友不再发烧拉肚子，回到家里。但因他妹妹刚刚从武汉返回，为了确保安全，刘友所在的小区依然实行了严格的隔离措施。刘友虽然核酸检测为阴性，CT 检查也正常，但医生还是每天两次到家里给他们全家人测量体温、消毒，日常生活用品也有专人送到家，小满只能通过手机与他联系。

小满什么忙都帮不上，婚礼肯定是没法举行了，她倒也不在意婚礼了，每天守着新闻，看到不断上涨的感染数据就心里发慌，尤其是出现无症状传播者后，她更是整夜整夜睡不着，老是怀疑刘友的检测结果不真实，老是担心刘友感染了新型冠状病毒。

刘友虽然在家隔离，村里的资料却少不了他，幸好他一直都有备份放在家里，村里外出务工人员信息他有详细资料，疫情期间外出返乡人员信息准确无误上报，全村人的动向了然于心。只是到需要填报纸质报表的时候刘友犯难了，他不能出门，如何填报纸质报表？

小满通过视频了解到刘友的情况，想都没想就要求去刘友所驻村给他填报表。

"那怎么行，你出去不安全！"刘友断然拒绝。

"怕什么？我戴好口罩，村里那么多攻坚队员都不怕，我怕什么？我正在家里闷得慌，又帮不上你什么忙，现在终于轮到我能为你做点事啦。"小满眼睛里放着光，她终于不用待在家里干着急了。

"不行，不行，我另想办法，你不能去！"刘友还是不同意小满去村里。他不能让小满去冒险。

"我就要去！就要去！"小满开始耍赖。

"好，好，好，服你了，你去你去。"刘友拿小满没办法。

"欧耶!"小满开心地对着手机吻了好几个。

"口罩!口罩!你有没有口罩?听说县城口罩一时断货了。"刘友着急地吼起来。小满一高兴起来就跟小孩子一样,必须得叮嘱她戴好口罩。

小满消失在视频里,不一会儿,又拿着一包口罩出现在刘友眼前。

"看!我早就准备好了,我让我妈在乡里买了两包备用,前天刚刚给我带来。怎么样?我有先见之明吧?"小满拿着口罩在头顶得意地挥舞。

"好,你去吧,我把外出人员资料发给你。"刘友见小满口罩都准备好了,知道拦不住,只得把需要填报的资料发给她。

小满不会骑摩托车,的士已经停运,只能走路去村里。沿途冷冷清清的,每个小区、路口都设了卡点测量体温、登记往来人员信息。

小满无奈地看了看四周,哪里有病毒?谁是病毒携带者?无知也意味着无边的恐惧,小满的心莫名紧了紧。她不自觉地把手捂到胸口,想到了隔离在家的刘友,她的心似乎又注入了力量,她不能畏惧,她必须在这一刻为刘友顶上去,他是她此生最重要的人!

小满加快脚步向村里走去,还没到村委会就听到好像有人在吵架,小满紧走几步,发现是刘友帮扶的那位智障老人杨有进。小满每次见到他,他都在骂人。

小满不想理他，正准备悄悄绕过去，谁知道一个驻村工作队员发现了她，立刻叫她过去："满姐，满姐，你来得正好，杨有进硬要找你家刘书记，我们怎么说他都不听，你来跟他说一下。"

　　"他找刘友干什么？刘友还在家隔离，我都见不到。"

　　"不知道，他不说，就说要找他，喊他回去也不听。"

　　"刘友生病了，在家隔离，不得出来，你先回家去，现在不准出来，当心传染病毒。"小满虽然心有不快，还是上前劝杨有进。

　　"刘书记生什么病了？我要在这里等他来。"杨有进见过小满几次，知道小满跟刘书记是一起的。

　　"他来不了！被隔离了！我都见不到他！"小满有点激动。

　　"那我就在这里等他来。"杨有进转不过弯，一定要等刘友。

　　"说了刘书记在家隔离，不得来，你等他，等哪样嘛？刘书记是哪样还没有给你嘛？你硬要等他来！"一个攻坚队员看不下去了，语气也带上火药味。

　　"我就要等他，关你屁事！"杨有进根本不买账。

　　"这是刘书记家女朋友，要不你和她说。"村主任让杨有进与小满对面面。

　　"我不说！哪个都不说！我只和刘书记说！"杨有进干脆背过身去。

"现在有病毒传染，不能出来，赶快回家去，刘书记都被关在家里了，你再不回家去也要把你关起来！"村主任见杨有进不听劝，便吓唬他。

"关就关，正好和刘书记关在一起！"杨有进不懂什么是病毒，也不懂什么是隔离，为了见刘友，连关都不怕，真的拿他没办法。

哄也哄不走，骂也骂不下去，就在大家不知道拿他怎么办时，小满的电话响了，是刘友，他心里一直惦记着小满，估计小满应该到村里了，就打电话问一下情况。"你打得太及时了！快点快点，杨有进到村里来了，硬要找你，哪个都招呼不住。"小满放鞭炮一样对着手机吼。

"开免提，我和他说。"刘友知道杨有进认定的事十头牛都拉不回来。

小满把手机递到杨有进面前，又缩回来，杨有进没戴口罩，小满记得包里放了一个备用，在包里翻找。果然找到一个，递给杨有进让他戴上。

"你看嘛，你不听话硬要出来，现在口罩那么紧张，我们的口罩戴了几天了都没得换的，人家小满老师把口罩给你了，自己都没得戴的。"

"不怕得，我买得有。"小满把手机再次递到杨有进面前。

"杨有进！杨有进！"刘友大声喊。

"刘支书，你在哪里？他们不准我找你，我偏不听他们的，就要找。"听到刘友的声音，杨有进像个委屈的孩子。

"我在家里，这几天都不得去村里，你听话，先回家去，不要再出来了，你有什么事等我过几天回村里再说。"

"你哪天来？"杨有进眼睛死死地盯着手机。

"还要好多天才得来，你有什么事？说嘛。"

"那我等你来了再和你说，说了又看不到你。"杨有进紧紧护住身上的一个黑色包包。

"你吃早餐没有？"刘友在电话里问他。

"没有。"

"小满，你弄点东西给老人家吃，他走那么远的路来，现在还要走回去，不吃东西不行。"

"我怎么弄啊？"小满不想弄，她本来对村里就不熟，外面也没有早餐卖，所有饮食店都是关门的。

"村里食堂没开火，没有吃的，我们都是吃的方便面。"村主任听到刘友叫小满给杨有进煮东西吃，便大声答应了一句。

"那你去给他泡碗方便面嘛，年纪大了，又没人照顾，别让他饿着肚子。"刘友轻轻对小满说。

"就是你惯着他！要飞天了！家里还有一箱买给他的东西，他怕是想着你没给他送年货去才来村里等你的。"小满一边埋怨，却还是拿起方便面开始泡。

吃完方便面，杨有进没再等，乖乖回家去了。

"明天不准来了，现在疫情防控，不准出来，就在家里待起。"村主任大声叮嘱他。

第二天,小满从家里炒了一大碗牛肉臊子带到村里,给卡点值班的队员煮面条。

"我们全都沾刘友的光了。"吃着香喷喷的牛肉面,队员们谈笑风生。

"杨有进又来了!"不知是谁喊了一声。

小满心里一沉,一抬头果然看到杨有进正向村口卡点走来。

"杨有进,叫你就在家里不要出来,你怎么又来了?"

"我来看刘书记来没有?"杨有进看了看村里的干部,没看到刘友,眼里有明显的失落。

"给你说了刘书记这几天都不得来!不得来!你硬是不相信,万一你感染病毒了看你怎么办?哪个服侍你?"

"我就是来看一下,我怕他来了我不晓得,我戴起口罩的。"杨有进好像知道自己不该来,声音比昨天小很多。

"你吃饭没有?"看到他可怜巴巴的样子,小满又不忍心。

"我吃了的,我就是来看看刘书记在不在,不在我就回家去。"杨有进依然背着昨天那个黑色的包包,看到刘友不在竟然真的又往回走了。

"你家里还有米没有?"小满想到刘友还没给他送年货去,便问他。

"有。"

"油呢？"

"也有。"

"你明天不来了，那么远难得走，等他来村里他去你家看你。"小满看到杨有进不吵不闹，真的只是来看刘友在不在，心里升起歉意和不安。这样一个七十多岁高龄的智障老人天天跑来，不知道他有什么重要的事情找刘友，要是真的有什么事发生，自己却对他那么嫌弃，一辈子都会良心不安。

回到家里，小满看到刘友给杨有进准备好却没送出去的年货，心里越发不安，总是担心杨有进没吃的。便打电话给刘友商量，想找个人把年货给杨有进送到家里去。

"不用急，等几天我就解除隔离了，他暂时不缺吃的，不用担心。"抗疫期间刘友哪能让别人送东西去贫困户家，万一感染了病毒就得不偿失了。

"唉，他今天又去村里了，看你不在又返回去，七十多岁了走这么远的山路，真的很揪心。"

"不怕不怕，他身体好，正月没有农活，正好他来走一走锻炼身体也不错。"

"锻炼身体倒是其次，就怕他感染病毒嘛。"小满还是很担心。

"不怕，你不是给他口罩了吗？现在到处都设了卡点，防控措施做得好，而且我们村目前没有从武汉务工回家的，只要没有外来病毒感染源就不会感染。"

接下来几天杨有进都会去村委会，要么中午要么下午，他学乖了，不再去村委会，只远远地站着看半天，确定刘友不在村委会后，便又返回家。刘友也有点担心，不知道他到底发生了什么事，村主任去他家查看，米油衣服被子这些生活物资都有的，问他什么事又不说，只能等刘友自己解除隔离后才能弄清楚。

五

正月十五一早，刘友终于收到医生解除隔离的通知，便急急忙忙将婚房里那箱年货绑到摩托车上直奔杨有进家。

今天是元宵节，也是当地的"大年"，正是走亲访友的好日子，一场疫情把人们困在家里，不能出门不能迎客，路上冷冷清清，一点没有节日的喜庆。刘友没心情思考这些，他心里在琢磨杨有进的事情，驻村以来，杨有进从来没有主动去村里找过他，一定有什么事情。

半小时后，终于看到杨有进的小平房，门开着，没见杨有进。

"杨有进！"

刘友把车停在杨有进房子边上，喊了一嗓子。

"喔——"

听到刘友的喊声，杨有进拖长声音答应，人也从屋里出来，看到刘友后，立刻又跑进屋去，拿出他天天背去村里的那个黑包包。

刘友刚刚把箱子从摩托车上取下来，杨有进从包里拿出一个"挠痒痒"递给刘友。

"看，我给你买的，我上街去找了两天才找到，这个好，哪里痒抠哪里。本来是要买给你过年的，我腊月二十九那天去村里没有看到你，这几天我天天去找你都没有看到你。"杨有进开心地笑着，眼睛眯成一条缝。

"你这几天去村里找我就是要给我这个？"

"是撒，我只给你一个人买，我哪个都不给他们说，我怕他们要你的，我晓得只有你对我好，我也只对你好。"杨有进轻声说。

刘友紧紧握着"挠痒痒"，一下一下挠在他心里。

六

从驻村回来，刘友风一样狂轰着摩托到了婚房，正要掏钥匙开婚房的门，小满从房内先一步开了门。这一对领了结婚证没办婚礼的合法夫妻紧紧拥抱着彼此，隔着口罩轻吻了对方，却被刘友怀揣的"挠痒痒"硌了一下。

"什么东西？"小满一惊，微微欠身，问刘友。

"杨有进送我的新年礼物。"刘友笑着掏出"挠痒痒"。

"快说，你哪里痒痒，我帮你挠挠。"小满俏皮地看着刘友。刘友一脸坏笑地指了指左胸口。

满　满

一

　　鼻孔一阵酥痒，满满打了一个响亮的喷嚏后醒过来。随后一个热热的软软的东西在满满的嘴唇上轻碰一下迅速离开，这是葱油鸡蛋卷！浓浓香味立即让满满清醒过来，她猛地睁开眼睛，双手去抢。跪在床边的哥哥跳下床，飞快逃开，留下一串歌谣：

　　"懒汉睡到早饭，闻到饭香，慌里慌张……"

满满张开眼睛，看到床头柜上摆着一条粉红色的裙子，皱了皱眉，这不是她的衣服。满满坐起来，四处搜索，床尾有一件天蓝色的短袖T恤，这是她去年刚上一年级时婆给她买的。满满拿起T恤往头上一套，双手向下一扯，脸就露出来了，接着把手伸进衣袖，双手将卷到腋窝下的衣服扯下来，然后伸出脚去，用两个脚指头夹住短裤的裤腰，脚往里一收，短裤就到了面前。满满用手拉住裤腰，双脚伸进裤管，顺势站到地上，一边将脚往凉鞋里拱，两手一边拉着裤腰向上提，裤子穿好后，也不把鞋穿好，趿着鞋就跑到饭桌前。饭桌上果然是她最爱吃的葱花蛋卷，满满伸手就要去拿蛋卷。

"哎呀！这是哪里钻出来的野丫头！头不梳脸不洗就来抢东西了！"婆一边说一边放下碗筷去给满满挤牙膏。

满满伸手去接婆手里的牙刷和漱口杯，婆一闪，不见了。

"婆！你躲什么？"

满满四处张望，不见婆的踪影，屋子里一个人都没有，这也不是她的家，满满脑子里一团乱麻，似乎来过这里，却不记得这是谁家，她只得去找牙刷，打开卫生间的门，里面放着一把小牙刷，她似乎记得这是自己刷过的，拿起来开始挤牙膏。

以前刷完牙，婆就已经将洗脸水盛好了。还会用软软的毛巾浸满水，把水拧干，空的一只手扶住满满的肩，另一只手拿着脸帕轻轻地在满满脸上擦。一边擦一边说："女娃娃要好好洗脸，要不然人家以为是没人要的黄毛丫头呢，将来嫁不出去的！"

"嫁不出去就算了，我当老姑娘。"

满满不自觉又回了这一句话，抬起头看婆。可今天婆好像特意跟她躲猫猫，总是找不到人。满满只得自己弄洗脸水，打开水龙头捧了两捧水到脸上，根本没动洗脸帕。洗完脸，满满飞快跑到饭桌上吃蛋卷。

蛋卷有点凉了，满满塞一口进嘴里，很香，比婆煎的蛋卷更好吃。满满下意识地四处看，以前她每天吃早餐的时候，哥哥都已经背着书包在门口等着了，他总是把满满的书包提在手里催她快点、快点。

哎呀，该上学了。满满突然想起来，立刻拿着蛋卷往门边跑去，到门口她又回头看了一下，每次出门婆都会站在门口，看到满满衣服穿得歪歪扭扭，叫哥哥给她理好。可现在屋里没有婆，婆到底去哪里了？

"婆。"满满哑着嗓子喊了一声，却发现哥也不在了。哥哥一定又跑到前面躲猫猫去了，哥哥总是这样捉弄她！满满追出门，这里不是从家到学校的路，也不是她们在县城里租住的地方。但满满在县城第一小学上了半年学，婆每星期都带着他们两兄妹去温塘洗澡，在城里买东西，县城也不大，她早就对县城熟悉了，她四处一打量，就知道了去学校的路。

哥哥肯定在哪个拐角躲着！满满小跑着向学校跑去。

很快就到了小河边，过了河，就是他们的学校了。一到夏天，满满和哥哥就蹚水过河，凉快，也可以省很多时间。一到春天，河水就会涨。眼前的河水有点浑，有点急，满满站在河边不敢下水。突然满满又发现了哥哥，他已经走到河中心，水没过了他的膝盖。哥哥折回来，把书包递给满满，弓下身子，说："拿着，我背你。"

满满笑了，哥哥每次都是先跑到河中心，发现水有点深，又倒回来背满满过河。满满将书包斜挂到左肩，带子有点长，书包吊在右边屁股下面。满满轻轻一跃，就趴到哥哥背上了。

"下半年我就上初中了，以后你得一个人上学，不准再蹚水过河了，要从那边桥上走，桥上安全，听到没？"哥哥一边走一边说，走到河中心，不再说话，牙齿咬住了下嘴唇。

"知道了！知道了！比婆还啰唆！"

满满将两只脚伸进水里赶水，溅起的水珠很快把哥哥的裤子弄湿了。

"呆猪，把脚收起，我裤子被你弄湿了。"哥哥低低吼了一声。满满收起腿，咯咯笑起来。

很快上了岸，满满站定，伸手问哥哥要蛋卷，哥哥却突然消失了。

"坏蛋！"

满满捡起一块小石子向河里扔去，哥哥总是爱这样玩消失逗她，然后突然从某个拐角冒出头来。

满满四处张望，等了很久，都没有看到哥哥。学校的钟声响了，满满扭头看看学校，又望向河面，依然没有哥哥的踪影，满满一迈腿，发现裤子已经湿到大腿根了。

"坏哥哥！"

满满饿着肚子，湿答答地向学校跑去。

"喂，别跑那么快，一点都不像个女生，裤子湿了也不管。"

满满的耳边响起哥哥的声音，她一阵惊喜，立刻回头。什么都没有，只有讨厌的风，把哥哥的声音越吹越远。

二

静华第五次终于煎好了一盘黄澄澄的鸡蛋卷，端到面前闻了闻，香！真香！静华不会做饭，他跟老公分工明确，老公做饭她洗碗，自从老公因脱贫攻坚去驻村后，她也被安排去驻村，吃住在村里，家里几乎不开火了。这几天把满满领回家，静华恶补了烹饪技术，新教的歌难上场，好不容易把煎鸡蛋卷整成功。原本街上的早餐店都陆续开业了，头两天静华都是带着满满去街上吃，无奈满满吃什么都没胃口，总是一副心不在焉的样子，静华也不知道她到底喜欢吃什么，好不容易从她口里套出"鸡蛋卷"这样东西，立马就让老公教她鸡蛋卷的做法。老公不在家，通过遥控指挥，静华竟然成功把鸡蛋卷搬上了餐桌，好不得意。静华走到客房去看满满，满满睡得正香，一只脚搭在被子外面。静华把满满的脚放进被子里盖好，退出来轻轻把门关上。

看看时间还早，静华从屋里拿出一个发模开始学习梳发型。这发模也是前两天刚刚买回来的，静华只生了一个儿子，儿子刚刚参加工作还未结婚，没有孙女，自己也一直留短发，从来没想过不会梳发型会成为她的短板。每天给满满梳头真的有点让她手足无措，她每每看到满满被她扯得龇牙咧嘴就恼恨自己手笨。看着满满凌乱的头发，再想想以前满满总是编着漂亮的辫子，她就在心里鄙视自己：一个女人，不会做饭还说得过去，辫子都不会编，真的枉为女人。静华下定决心一定要学会编各种漂亮的头发，把满满打扮得漂漂亮亮的。静华去买了发模后，就开始搜各种编发的视频，一一照着学，功夫不负有心人，几天下来静华真学会了几种发型。趁现在还有时间再用发模练练手，等满满起床就可以给她梳漂亮的头发了。

就在这时单位办公室主任打电话过来，请她去单位处理个紧急事务。半个多月没正常上班，单位好多业务工作都落下了。

静华看满满还在睡，就没叫醒她，匆匆往单位赶去。一忙就忘记时间，静华停下工作时已经过十二点，她急忙打车回家。打开房门，满满不在客厅，餐桌上的鸡蛋卷也没动。

难道还在睡觉？静华立即往满满睡觉的房间里走，也不在，两个卫生间、厨房里都没有人，床头柜上那条新买的粉色的裙子也没穿，那件穿了两天的蓝色 T 恤不见了。这孩子，非要穿那件 T 恤，说是婆买的，不换也不让洗。静华慌了，满满会去哪里？现在小区疫情防控监测点已经撤销，满满可以自由出入小区。一个六七岁的孩子，她会去哪里呢？静华理不出头绪，一边向驻村第一书记李强汇报一边往村里赶，她觉得满满应该是回家了。

静华帮扶的村就在县城边上，她打的士车到村委会，李强骑在摩托车上等她，静华坐上去，摩托车就像发狂的野牛一样吼叫着往满满家冲去。

"慢点，慢点，满满那么小，走路回家没那么快，说不定在路上休息呢，我们沿路找。"静华心里虽着急，却也没乱了方寸。

"好，我们遇到人家就问一下。"李强冷静下来，车速也慢了许多。

只是并没有人看到满满，半小时后他们到了满满家里，空无一人，邻居也说没有看到满满回家。李强与静华的心一点点往下沉，迅速返回村委会，把驻村工作队员全部召集起来一起寻找，同时向办事处领导汇报。领导立即着人去公安局申请调监控，监控里果然看到了满满小小的身影，早上九点满满就出了小区门口，只是看不到她具体去了哪里，经过半小时的查找，又在通往河边的一个路口看到了满满的身影。满满的学校就在河对面，果然在校门口附近的监控里再次看到满满。因为疫情所有的小学都没有开学，学校大门是关着的，满满在学校门口徘徊了很久，就离开了，再也没有在街道、路口看到她的行踪。

"不会去河里玩水吧？"

一个可怕的念头蹦出来，谁都没有说出口，害怕一语成谶。

办事处加派人手与村里的工作队员一起在河边沿着河堤寻找。

几个小时过去，河东河西都找遍了也没见满满的影子。"求求菩萨保佑，满满家的各位祖宗，你们一定要保佑满满千万不要出事，千万不要出事，你们家只剩下一个人了，她再出事就彻底完了。"静华着急万分，衣服已经被汗水湿透，不信鬼神的她忍不住在心里祈求起来。

河堤上没有找到满满，大家只得在满城的大街小巷里寻找，天色如同他们的心情，越来越暗，眼看天就黑下来，依然没有发现满满的踪影。

不要……不要……可怜的孩子，千万不要出事！静华的泪水夺眶而出。

三

满满到底去了哪里？当时满满独自走到学校门口，学校大门紧紧关闭着，一个老师和同学都没有看到，为什么我认识的人都不在了？满满不知所措，在校门口像无头苍蝇一样转了好半天后，突然想起一个地方，哥哥经常带她去那里躲猫猫，哥哥是不是又去那里了？

那是学校后面的一片梨树林，满满认定哥哥在那里，欢喜地朝梨树林跑去。进入树林后，满满左转右转，没多久就停在一棵三叉树下。这棵树的树干长在一米来高的地方分为三叉，三条支干先向外伸展开去，再斜斜向上，形成一个天然的"三靠椅"，平时哥哥最爱坐在"三靠椅"上，说那是他的"王座"。可现在哥哥并不在他的"王座"上，满满走上前，趴到三叉上，小小的她个子不高，胸口刚刚齐三叉那里，踮着脚才能趴上去。趴了一会儿，满满也想像哥哥那样坐到"王座"上，以前都是哥哥在上面扶着她上去，哥哥不在，只能她自己爬上去。别看满满个子小，爬树却难不倒她。只见她双臂抱住一根树叉，猛地一抬腿，整个人顺势往上一跃就跨上了树叉。满满像哥哥那样坐上去，靠在树干上四周一看，果然有一种高高在上的感觉，难怪哥哥说这是"王座"。阳光透过树叶洒在满满身上，像是给她裁了一件美丽的印花衣裳，满满闭上眼睛，享受着"王者"唯我独尊的奇妙感觉，不知不觉睡着了。

直到她在梦中身子一歪差点摔下树来才猛然惊醒，这时阳光已经绕过梨树林，跑远了。

满满急忙溜下树四处去找哥哥，还是不见踪影。满满抬头看看天，再不回家天就要黑了，找不到哥哥满满只得独自回家，她知道一条回家的小路，比走大马路近很多，以前哥哥总是带着她走这条小路回家，会节省好多时间。

满满走出梨树林，向北面的一座石拱桥走去，那是一条小溪上的石拱桥，溪水流向县城的龙川河。走过石拱桥就是他们村里的地界了，只是还要走一个多小时才能到她家。

没走多远，身后有人在叫她。满满回过头，是班主任王老师。王老师小跑几步追上满满，搂着满满的肩膀，说家里包了饺子，叫满满去她家吃饭。

"谢谢王老师，我不饿。"满满现在一心只想回家，只想见到爸爸、妈妈、哥哥和婆。

"嗯？听老师的，去老师家吃饭？"王老师蹲下来，把满满的脸挨到自己脸上，声音像棉花一样，软软的、柔柔的。

满满心里升起一阵熟悉的感觉，是妈妈的味道。满满低着头，紧紧地咬着下嘴唇，好像下嘴唇是叛徒，一不小心就会背叛她，答应老师似的。

满满猛地推开王老师，飞快地往石桥那边跑去。

王老师猝不及防，摔了个大马叉。王老师的眼泪哗地流了出来，她也顾不上擦，抬起头，看见满满小小的身影消失在桥那边。

满满过了石桥，半小时后走到一户砖墙外面，她放慢了脚步，轻手轻脚地绕过去，生怕惊动了砖墙里面的人家。

砖墙里住的是李大婶，满满特别怕她。她是全村最厉害的女人，特别会骂架，若是谁惹了她，她会骂三天三夜不停息，且不重复。记得去年哥哥放牛不小心吃了她家一排秧苗，她一路骂到家里，妈给她赔了许多不是，并承诺马上将秧苗给她补栽上。李大婶却不依，破口大骂起来。

哥哥听到她骂人，捡起地上一颗石子就要砸她。

"砸！老子今天看你砸！砸到老子今天非让你家屋现天！锅生蛋！"李大婶不但不躲，反而双手叉腰凑上前去。

幸好妈眼睛尖手脚快，把哥哥手里的石头抢下来了，还顺手打了哥哥一巴掌。

"不好好放牛，还嫌惹的祸不够大，你！"

哥哥吃了痛，双手死死拽着，眼睛翻着白眼，里面有一只愤怒的箭射出去，向着那个女人唾沫乱飞的嘴巴。

"你大人大量，小娃娃莫跟他计较，我还你谷子，还你谷子行不？"妈把哥哥拎到身后，向李大婶赔着笑脸。

"那还差不多，我也没要你冤枉，我家秧子本来就是结谷子的！"李大婶扛着妈赔给她的一袋谷子回家了。

快要走过砖墙时，满满加快了脚步，贼一般走过这段路。她回过头看了看，轻轻拍了拍胸口，长长地舒了一口气。

"哎哟我的乖，这不是满满吗？"一阵大嗓门在身后响起，满满的背心升起一股寒意。

猛地回过头，撞上一堵肉墙。

"乖乖，这是干吗了，幸好是撞到我，要是撞到墙上，那头不得起个大青包呀！"李大婶背着一筐猪菜刚刚走过来，满满一头撞进她怀里。李大婶顺势把满满抱起来，顺着砖墙往前走。

"你要干吗？我妈已经赔你谷子了，我又没惹你，是你自己站到我背后的，怪不着我！"满满声音虽小，却很清晰。冷冷地，像从牙缝里蹦出来，让人起鸡皮疙瘩。

"哎哟这个小辣椒，嘴巴这么厉害！婶哪里怪你了？婶是有东西给你看呢。"李大婶块头大，背了背猪菜再抱着满满毫不费劲。抬起脚推开院门，一直把满满抱进堂屋才放下。她放下猪菜，拉着满满进屋。

满满挣扎着，想抽回手，无奈李大婶的大手拉着她，她根本挣不开。

李大婶拿出一条粉红色的碎花裙子在满满身上比了比，叫满满穿上。

"我妈给我买得有，才不要你的衣服！"满满扭过身子，正眼都不瞧。

李大婶皱了皱眉头，挠了下头，突然想起来什么似的："这就是你妈买的，过年的时候我跟你妈去赶场，她买好了让我给你的，我忘记了。"李大婶脸上露出欣喜的笑容。

"吹什么牛呢！去年你到我家骂架，害我妈赔了你一袋谷子，我妈才不会跟你去赶场！"满满从鼻腔里哼一声，甩手就往外走。呛得伶牙俐嘴的李大婶一个字都说不出来，拿着崭新的花裙子眼巴巴看着满满走出院门，咣的地一声关上了。

"真是出门踩狗屎，越是不想碰到的人越是要碰到。"满满心里还在生气地嘀咕。

满满从李大婶家出来一路小跑，只想赶快跑回家，谁知道又碰上了云云嫂嫂。云云嫂嫂是城里姑娘，去年正月嫁到村里来的。平时不住村里，跟在城里上班的青云哥住在城里。去年冬天生了儿子没人照顾，回村里坐月子，让婆婆侍候着。原本满满特别喜欢云云嫂嫂，因为她长得漂亮，穿的衣服也漂亮，生的小宝宝肉嘟嘟的，可爱得不得了。满满总是趁婆不注意就跑到云云嫂嫂家，非得婆跑去接才回家。但自从那次云云嫂嫂摔了奶瓶后，满满就再不去她家了。

那次是因为云云嫂嫂家宝宝哭了，满满看到伯妈刚刚冲好的牛奶，便抢着要喂宝宝喝奶。因平常妈给满满喝水都会尝一下烫不烫，满满便仰起脖子喝了一口奶。恰恰被云云嫂嫂看到了。"你怎么喝我儿子的奶！传染细菌给他怎么办？"云云嫂嫂眼睛瞪得老大老大，像看怪物一样盯着满满。

"小孩子不懂事，再说满满好好的，哪有什么细菌？"伯妈急忙把满满拉到面前。

"你懂什么！病从口入！"云云啪的一下把奶瓶甩出老远，抱着儿子就走了。

眼泪在满满眼睛里打转，却没掉下来，她不知道自己做错什么了。

回家后，满满趴在妈怀里哭了，妈问明缘由，对满满说："你没做错什么，你是好孩子，但好孩子要待在自己家里，不能乱吃别人的东西，不能乱往别人家跑。"后来妈买了一个崭新的奶瓶赔给云云嫂嫂。

满满记住了妈的话，再不去云云嫂嫂家了。

看到云云嫂嫂，满满低下头，急急地走路。

谁知云云嫂嫂却叫住了她。

"满满，你还在为上次的事生嫂嫂的气吗？嫂嫂错了，跟你道歉。"云云拉住满满，把一盒蛋糕递给满满，"拿去吃吧，这是嫂嫂从城里带来的，特别香。"

"我不吃别人的东西！"满满甩开云云嫂嫂的手，往家里跑去。

跑到家的时候，满满的背心已经湿透了，脸上的汗珠咕咕往外冒。满满靠在院门上大口大口地喘气。

妈和爸正在挂苞谷。今年苞谷特别好，个大粒饱，堂屋里长了座金灿灿的苞谷山，院子里也铺满了苞谷。苞谷一天两天晒不干，必须得把堂屋里的苞谷挂起来，不然一直堆在堂屋里，一受潮就会生虫。爸将长长的竹条绑在挑梁上，妈和婆早已把苞谷壳撕开，只等爸将苞谷两个一扎缠到竹条上，这样一来，苞谷能通透气，不受潮就不容易生虫，时间长了也会慢慢干。一串一串金灿灿的苞谷慢慢地在屋檐下排成排，粒粒饱满，整个屋子都显得亮堂了。剩下的苞谷不多了，他们的脸上满满的喜悦，像这些颗粒饱满的苞谷要溢出来了似的。地上只有几个苞谷了，眼看着任务就要完成，爸妈的速度都加快了，妈一直笑着，把地上的苞谷全部抱在怀里，快速递给爸。婆在灶房里做饭，已经闻到菜香了。妈正要把最后两个苞谷递到爸手里，满满就跑进了院子，仰面躺倒在晒了一院坝的苞谷上。妈丢掉苞谷，跳下楼梯，奔到满满身边："幺儿，你怎么了？"

满满长喘一口气："妈，我没事。"

看到满满满脸通红，妈摸了摸满满额头，对爸说："你来看看，满满是不是发烧了？"

爸闻声也下了楼梯，来到满满面前，他将手心捂住满满额头，满满的额头完全看不见了。

"确实有点烫呢！去，拿体温表来量一下。"爸跟妈说了声，接着就朝屋里喊，"妈，烧点水，还有艾叶吧？给满满泡个温水澡。"

"有，有，过端午我备了好多。"婆在屋里大声答应。

三十八度，不算严重。"别睡苞谷上，硌背背。"爸把满满抱起来，拿一把棕叶扇轻轻给她扇风，满满将头挨着爸胸口，迷迷糊糊想睡觉。

没多久艾叶水烧好了，妈试了试大澡盆里的水温，将满满从爸怀里抱过来，脱了衣服，慢慢放进澡盆里，让满满的头枕在她左手臂里。澡盆不够大，满满的两条小腿搭在澡盆外。

妈右手拿着澡帕，一下一下浸水往满满脖子、胸口、肩膀上抹，待水有些凉了，才将满满抱起来，穿上短裤。

泡了艾叶澡，满满的额头不烫了，身子还是软。今天一早婆去山上捡了好些枞木菌，特意到场上称了猪肉，枞木菌猪肉火锅满屋飘香。可满满没胃口，她只想睡觉。

"那我给你留着，等会儿再吃。"妈将满满放到床上，给她胸口盖上枕巾，轻轻将房门关上。

哥哥不知从哪里跑进院子里来了，一阵一阵飘到院子里的香味像两只有力的手，飞快地把他拽进灶房去了。

妈拿出一个汤碗，给满满留菜。哥哥睁大眼睛，选小瓶盖大小的枞木菌夹进碗里，说："满满最爱吃这种小菇菇。"

"给她多留点瘦肉，她不吃肥的。"婆夹起一块瘦肉，放进碗里。

"好，好，够了，她吃不了这么多，剩了明天就不好吃了。"妈把汤碗放到一边，一家人开始吃饭，一会儿一锅枞木菌就底朝天了。

满满没睡踏实，半小时左右就醒了。满满也不穿上衣服，光着脚板、穿着短裤就走出来。

爸妈、哥哥和婆都在剥苞谷，爸的大手各拿着一个大苞谷，交叉使劲一搓，苞谷粒就下来了，像下冰刨子一样，一搓一大把，一搓一大把，沙沙地响。妈用的是一把大剪刀，一只手将苞谷倒立，另一只手用大剪刀顺着缝隙往下一戳，苞谷粒纷纷从剪刀两边掉落，苞谷瞬间就被开膛破肚，敞着一条大口子。妈丢下它，拿起另一个苞谷，继续开膛。哥哥不断将开了膛的苞谷抱到自己面前，都快堆成小山了，才用手顺着开了膛的裂口剥，果然轻易就剥下来了，"爸，我们两个比，看谁快。"哥哥拿眼偷瞄爸爸，手上加快了速度，一粒粒苞谷子欢快地落到地上。"瞧我大孙子，能干了！"婆用的是长火钳，她用火钳夹住苞谷，双手一铰，苞谷粒吃了痛，哗啦啦地逃到地上。

"我也要剥！"满满走过去，去抢哥哥面前开了膛的苞谷。

"我的！""我的！"只见一双手在豪气地攻城略地，另一双手拼命守护着自己的城池，狼烟四起。

"满满，快，你妈这边又有这么多了。"爸看到满满渐处下风，笑着说了句。

"哇！这是我的！"满满回过头豹子一般扑向她的猎物。

"哈哈哈哈，沙沙沙，哗啦啦……"院子里奏响了交响乐。

满满没坚持多久，就放弃了，开始在满地的苞谷粒上打滚，不时有苞谷粒粘到她肉肉的手臂上，她便得意地抬着手臂大叫："看！看！看！我会变魔术！"

"哈哈哈……"满满哈哈大笑。突然，肚子咕咕响了两声，一阵饥饿感袭来。天已经完全黑了，屋里没开灯，月亮好大，白色的光从树叶缝隙漏下来。奇怪，刚刚那么多苞谷一个都不见了。只有那张竹制的躺椅在院子里，爸总喜欢躺在院子里乘凉，常常抱着满满给她讲故事。满满最喜欢听牛郎织女的故事，爸还教她认了牛郎星和织女星，牛郎星旁边有两颗小星星，是他的扁担，织女星旁边有四颗小星星，是她织布的梭子。他们中间隔着天河，只有七月初七他们才能相会。月亮这么大，到底哪天才到七月初七啊？

爸不在，妈不在，哥哥不在，婆也不在。婆晚上从来不出门的，哪去了？

满满一间屋子一间屋子找，空空的，什么都没有。她跑到院子里，月亮像个大灯笼高高挂在天上，不知道谁糊错了颜色，一点都不红、不喜庆。星星跟满满一样，也不喜欢这颜色，惨白、阴冷，它们大多都藏起来了，只有几颗在那儿，爱理不理的。

村子里黑漆漆的，只有青蛙妈妈们在喊着各自的娃娃。

满满跑回堂屋，妈总是在晚上切猪菜，准备第二天的猪食。

堂屋里没有妈，也没有猪菜。堂屋的墙上挂着死了很多年的公的照片。

"谁把婆、哥哥、爸妈的照片也挂上去了？"

满满搬来一根凳子，把他们几个的照片一一取下来，紧紧地抱在怀里。

"你们去哪里了？回来，快回来！"

满满抱着照片，眼睛里有泪花涌动。她突然想起来爸爸妈妈哥哥还有婆好像被静华嬢嬢们送到山上去了。

"乖乖，今天是你的爸爸妈妈哥哥婆去天堂的日子，要给他们烧袱纸，嬢嬢现在教你烧，一定要记住了。死去的亲人会顺着烟回家，我们烧袱纸，点香，就是给他们引路回家。"

满满耳朵边响起静华嬢嬢的声音。满满一愣，似乎想起什么。她回到屋子里，抱出一袋封好的袱包。袱包上分别写着"今逢中元节之期孝女张满满袱钱3包上奉故显考张公顺昌老大人冥中受用""今逢中元节之期孝妹张满满袱钱3包上奉故显考张公满堂大人冥中受用""今逢中元节之期孝女张满满袱钱3包上奉故显妣刘婆老孺人冥中受用""今逢中元节之期孝孙张满满袱钱3包上奉故显妣祖母吴婆老孺人冥中受用"。上面很多字满满都不认识，也不知道这么多袱包是哪里来的，但她记得静华嬢嬢教她的就是这个，只要烧了这个，亲人就会回家。

她依稀记得去山里的路，便抱着爸爸、妈妈、哥哥和婆的照片还有一袋袱包向山里走去。

很快，袱包就燃起来，满满点了很多香，这么多香给他们引路，他们一定会回家的！

满满跪在地上，闭上眼睛，双手合十举过头顶，慢慢往下拜，头挨着地后，满满将双手打开，掌心贴地，再抬起手，手背贴地，掌心向天。满满闭着眼睛，一次次重复着静华嬢嬢教给她的跪拜礼。

很久很久，满满的膝盖跪疼了，香纸都快燃尽了。爸、妈、哥哥，还有婆，一个都没有回来。

"静华孃孃，你骗人！你骗人！"

满满嘶吼着，树影在地上一抽一抽，它们好像被满满突然爆发的哭喊吓着了。

这时，静华与驻村工作队员们正骑着摩托车往满满家赶，她们听说有人在村里看到了满满，欣喜若狂，立即就赶去了。

谁知到了满满家却空无一人，不知道满满去了哪里。恰好这时云云提着一箱牛奶还有一盒蛋糕走过来，看到静华他们，走上前说："满满今天看上去不太正常，好像她还没有意识到她的亲人全部去世了，她精神上还活在过去的生活里。"

"这孩子，心灵受到如此大的打击，千万不能得了什么病症，我们必须马上找到她。"静华他们分头开始寻找。

静华发现之前她挂在墙上的遗像全部不见了，跑进屋，那一袋准备月半时让满满给家人烧的袱包也没有了。

"去坟那里找找，满满是不是去那里了？"静华率先向外走去。

远远地就闻到一股焚香燃纸的味道，静华加快脚步，很快就看到一个小小的身影蜷缩在坟前。

"满满……"静华心疼地喊了一声。

"静华孃孃……"听到喊声，满满惊喜地站起来，一个没站稳，扑倒在静华怀里。静华紧紧地搂住她小小的身子。

"你怎么一个人来这里烧纸了，还没有到月半，烧袱纸还早呢。"静华搂着满满心疼得跟针扎一样。

满满扭过头看着袅袅上升的青烟，似乎看到爸爸、妈妈、哥哥和婆的身影缓缓向天空飞去。耳边响起婆慈爱的声音："满，乖孩子，不要怕，你现在有新的亲人了……"

瞒天过海

张益民常常闭上眼睛就能看到那次满叔烧"瞒天过海"时的情景。那是 1950 年，那年张益民只有十来岁，几十年过去了，他依然记得清清楚楚。满叔张云龙是张家窑罐第三十三代传人。张家寨都是一个祖宗传下来的亲房，窑罐手艺传内不传外，传男不传女，外人也不知道谁是掌门人，张家的手艺自古以来就这样一代一代传下来。

张益民打小就喜欢这些形态各异的坛坛罐罐，天天跟在张云龙后面转，张云龙也喜欢他的聪明伶俐，便收下他做了徒弟。张益民与其他几个徒弟跟着张云龙一起到泥田里去挖泥。单是第一道工序"破土"，张云龙就足足跪了一炷香的时间。张云龙跪着，张益民他们几个也不敢起来，以前"破土"烧香烧纸，都是纸钱一燃过，就开始挖泥巴，并不管香燃不燃尽。而那次，张云龙一直趴在地上，直到香完全燃尽了，满婶在一旁提醒他香燃完了，他才直起身子，接着又趴到地上磕了一个头才站起来，张益民几个跪得都站不起来。

挖泥巴的那块田，只缺了一小块，张益民以前老是搞不明白，张云龙为什么总是跑到很远的地方去破土，却从来不挖这块近处的泥巴。这块泥田是早些年张云龙的祖公花一箩碎银子买下来的，自己的田，自己的泥，想挖就挖呗，却一直空着，白白跑了许多冤枉路。这次"破土"张云龙才告诉他们，老祖公买下这块田时就说了，这里是龙脉，是最好的土，挖一点就少一点，不能浪费更不能随便破坏。只有烧"瞒天过海"才能动里面的土，用龙脉里的土烧普通窑罐就是浪费，就是对土地最大的不敬，会毁掉土地，也会毁掉张家窑罐祖祖辈辈传下来的基业，毁掉整个张家寨。缺的那一小块，就是老祖公张光勋唯一一次烧"瞒天过海"时破的土。那是清光绪二十年（1894），阡城不是县，是府衙，阡知府引温泉水进街入户，深得民心。次年该知府升迁贵阳府，民众自发集资到张家窑罐厂烧窑罐烤酒，为其送行。那时"瞒天过海"烤出来的酒在整个阡府城内几天几夜飘香不散。

时隔几十年，1949 年底中国人民解放军挺进阡城，时任临县县长的柳国清返回阡城，他是阡城人，返回阡城后密谋叛乱。1950 年初，黔地土匪猖獗。3 月 18 日，柳国清与土匪勾结，策划暴乱。5 月 11 日，他们在兴乡兴国寺召开有土匪、十八乡镇保长及地主一百多人参加的会议，准备全面暴乱。会议结束后，柳国清手下王益清来到张家寨，要他们烧制"瞒天过海"献给柳国清。

要烧"瞒天过海"的消息像炸雷一样在张家寨上空炸响，男的女的，老的少的，一个接一个往张云龙家赶。长辈的男人进到云龙家院子，不再进去，三三两两蹲在院子里，丫妹从侧门抬了两根长凳子出来让他们坐，就赶紧躲进屋去。

其余的人都站在院子外面，几个胆大的小孩子翻上院墙，被各自的大人一把拽下来，屁股上落下响亮的巴掌声。院子外面已经围了好几层，幸好张云龙家是石头砌的墙体，否则真要担心墙被挤塌。

张云龙的几个徒弟也躲着不敢出来，只有十四岁的张益森胆子大，他抱着茶罐一个一个给他们倒茶，然后还蹲在一个扛着枪的大个子男人身边。几个徒弟就张益森爱打架惹事，看到他把眼睛都恨不得长到枪上去，张云龙轻声呵斥他进屋去，张益森才不得不进里屋，边走时半个身子扭过来，眼睛始终不肯离开那杆枪。

王益清手指一勾，他的一个手下赶紧弓着身子上前，递给他一个小口袋。王益清啪的一下把口袋丢到张云龙面前：

"这是老子给你的三个酒坛的定金，下个月给老子烧好送去！老子走南闯北几十年了，硬是没见过'瞒天过海'，老子这回不光要'瞒天过海'，老子还要'翻江倒海'！"

"下个月？下个月无论如何都烧不出来！这定金我万万不敢收。"张云龙急忙把口袋交到王益清手中。

"烧不出来？烧不出来老子就烧了你们张家寨！"王益清把口袋向他手下丢去，他手下慌忙接住。

"下个月真烧不出来，就算你烧了张家寨，也不管用啊！这'瞒天过海'不比其他普通的窑罐，泥巴要最好的，晒泥、打泥，这些活都要细致些，要有好太阳，差一天都不行，光做泥坯一个月也做不出来。'瞒天过海'要'三晒''三打''三釉''三烧'，少一道工序都不成。三口酒窑，没有三个月时间，你把我命要了我也烧不出来。"张云龙站起来，拱手向王益清作揖。

"三个月？烧个破窑罐要老子等三个月？"王益清呼地一下站起来，就要发作。

"要不它怎么会那么金贵呢？我们张家的'瞒天过海'，不是哪个人都可以得到的。现在的人没任何人喝过它烤的酒，只有五十几年前知府大人喝过。"

"这个倒是不假，老子听说过，就因为这只有知府喝过的酒老子才到你张家寨来，不然就你们这些个下贱东西，也配老子亲自来这一趟！成！老子就等你三个月，老子一定要让县长大人尝尝只有知府大人能喝到的酒！"

"那，酒窖烧好我怎么通知您？"张云龙低头恭恭敬敬地问。

"算你小子识趣！若是烧好了，就给我送到……"说到一半王益清突然停下，朝身旁的手下递了个眼神。手下会意，立刻走到张云龙面前，俯耳悄悄跟张云说了几个字："将军坳云岩洞"。

张云龙暗暗吃惊，一直传闻柳国清在他的老家兰坪乡一带活动，难怪解放军多次围剿都没有抓到他，没想到将军坳也有他们的窝点，好一个狡兔三窟。

随后王益清哈哈大笑着走了出去，走到百米开外，他回头对着张云龙家院门放了一枪，院门上的木栓应声断为两截。

"今天这事若是透露出去半个字，这木栓就是你们整个张家寨的下场！"

坐在院子里的几个人吓得跌到地上，抱着头缩成一团，院墙外面的人拼命逃开，几个小孩子吓得哇哇大哭，抱着孩子的大人急忙用手捂着孩子的嘴巴飞跑。

传闻柳国清手下有"四清"，一个枪法如神、一个力大如牛、一个能飞檐走壁、一个诡计多端。看来这个王益清就是那枪法如神的。

张云龙刚娶进门三个月的老婆丫妹双手紧紧地扶住墙，坚实的墙没能撑住她的身体，丫妹软软地坐在地上。张益民急忙过去把丫妹抱住，无奈他力气太小，根本抱不起来。张云龙依旧在屋里，并没有出来送客。

倒是张益淼，他没有管坐在地上的丫妹，也不问张云龙，飞快地跑出去，把大门打开，然后双脚并拢，把右手举到耳朵根，向他们行了个礼。

柳国清看都没看他一眼，往枪口上吹一口气扬长而去。

张益淼又向着他们跑去，直到再也看不见他们。

等张益淼回来，只见几个堂弟都在院门口接他。张益民悄悄附在他耳边说："满叔发火了，活麻藤等着你呢。"

张益淼一听活麻藤，转身就跑。没想到张云龙已经到了他身后，一脚把他踢到院子里跪下了。

"你们几个，把他衣服给我剥了！"张云龙手里紧紧抓住活麻藤，脸色像猪肝一样。

"满叔！满叔！为哪样打我？我又没做错事！"张益淼在地上滚来滚去，拼命挣扎，死死护住他的衣裤。

"为哪样打你？你晓得今天来的是哪样人？你个龟儿子不学好，看到枪你就想摸是不是？枪也是你个狗日的随便摸得的？哪天你家老祖宗吃人家枪子都不晓得，你个狗日的还给老子追出去摇尾摆尾？老子不收拾你你连祖宗都认不到了！"

张云龙拽起张益淼的裤脚往上猛地一扯，张益淼的屁股蛋蛋和光腿腿就露出来了。活麻藤只抽一下，他就杀猪一样嚎起来，整个人像一条受伤的虫子，扭来扭去。

"孩子还小，也没犯什么大错，你就别打了，饶他这一回吧。"躺在床上的丫妹听到张益淼的嚷叫，硬撑着站起来，走到院子里，夺下张云龙手里的活麻藤，她手一抖，赶紧扔掉，将手放到头发上反复揉搓。

"今天不给他点辣子汤喝，他就不晓得锅儿是铁铸的，他以为有了枪就可以称王称霸了，撵到人家屁股后面去摇尾巴，只差没舔人家屁股，我们张家没得这号人！"

张云龙冲进他的房间，咣的一声关上，把门反拴死。吃晚饭的时候，怎么叫都不出来。第二天晚上，丫妹把猪喂好了，张云龙还没出来，满满的一碗豆豉炒腊肉放在桌子上，还有一碗炒四季豆，一丁点都没动。丫妹将饭甑放进锅里热着，把豆豉炒腊肉与四季豆放进饭甑里，加一块柴进灶膛。丫妹把灶膛里燃得明晃晃的炭火夹出来，堆在灶膛下面的火坑里，装一罐水在炭火上煨，然后坐到门边纳鞋垫。等到茶罐里的水咕咕撒着欢，水开了，丫妹抓一把苦茶进去，等到水再次翻滚后，她把茶罐拿开，将炭火用灰盖住，火势立刻就小了，她再将茶罐放回去，让它慢慢煨。

过了很久，丫妹靠在墙上睡着了，鞋垫落到了地上。

直到寨子里的灯一家一家熄灭，门突然打开，丫妹惊醒了，看到是张云龙，她赶紧给他倒了一大碗茶，张云龙最好这口。一大碗茶刚喝下去，丫妹又将满满一碗米饭递上来了。

张云龙扒了一大口饭进嘴里，抬起头问丫妹："你吃了没？没吃吧？"

丫妹轻轻摇了摇头，没回话。

"哎呀！你这个憨婆娘，饭都不晓得吃了！你不吃，不吃那怎么行，你是一个嘴巴养两个人呢！"张云龙停下筷子，眼睛看着丫妹微微隆起的肚子。

"你关进屋里不出来，我怎么吃得下嘛。"丫妹的眼睛里有小小的泪花在闪。

"好好好，是我不对，我给你舀饭。"张云龙站起来，把碗放下，赶紧去拿碗给丫妹盛饭。

"你吃，你吃，我自己来，我自己来。"丫妹按住张云龙，自己去夹了两个红苕在碗里，又去弄了一盘红彤彤的泡椒。自从怀上孩子后，丫妹就喜好吃素菜，尤其喜欢吃泡椒。撒上几粒盐在上面，又酸又辣又咸，越吃越想吃。

"来，你得吃点肉，不吃肉哪行呢？"张云龙给丫妹夹了一筷子腊肉。

"我不吃，你吃。"丫妹把肉夹回张云龙碗里。

"叫你吃你就吃嘛，你不吃，肚子里的娃娃也要吃呢！"张云龙又把肉夹给丫妹。

丫妹只好夹进一块肉放进嘴里，刚嚼了两下，"哇"的一下就吐了。

"这个娃娃，还在娘胎里就晓得折腾人了！"张云龙放下碗，铲了一些灶灰把地上清理干净。

"'瞒天过海'你还烧不烧了？"吃完饭，丫妹一边收拾一边问张云龙。

"烧，当然要烧，看昨天他们那架势，不烧窑他们就要烧我们的寨子。"张云龙扬起脸，一口痰箭一般射进灶门前的火坑里。

"既然要烧，那益森不是白挨揍了？你这又是唱的哪出？"丫妹侧过脸来看着张云龙。

"这你就不懂了，打他，是隔他的烂脾气，我张云龙的徒弟，不准沾那些土匪气气。至于烧'瞒天过海'，我自有主张，你就不要过问了，不该问的就不要问。"

"瞒天过海"是张家窑罐的绝技，张益民曾问过张云龙，张云龙说他也不会烧。他爹张承志临终前才将"瞒天过海"的烧制方法传给他，并没有真正烧过。张承志死于急病，还没来得及亲手教他怎么烧就走了，张云龙甚至从来都没有看到过真正的"瞒天过海"是啥样，只听他爹说，瞒天过海是用来烤酒的，分内外两层，用窑罐烤出来的酒跟普通的酒大不一样。普通的烤酒方法因为有杂质，在发酵、蒸馏、储存过程中不易清除，导致酒的口感烈、酒后头痛，酒液浑浊；而窑罐具备无异味、吸附性强、调节酸碱和矿化水质、不易导热的特性，在酿酒中的巧妙运用，可以解决用普通方法烤酒不能解决的复杂难题。窑罐本身具有一定的吸附性，可以吸附和分解白酒中的杂质，提高其品质。窑罐烤出来的酒，清澈透亮，好下喉，不上头，再喝醉都不会头痛。但一般烤酒的人家都不用窑罐烤酒，因为烧一个"瞒天过海"的价钱，烤十窑酒都买不起，不划算。只有官府跟大户人家才出得起那个价钱，但官府一般不会亲自烤酒，大户人家也嫌麻烦，他们宁愿花现钱买现成的酒。再说会烧制"瞒天过海"的人难找，这是张家窑罐厂的独门绝技，只传每一任窑罐掌门人，烧一回"瞒天过海"也不简单，因为分内外层，对外层与内层的泥巴也有讲究，不比普通的窑罐，只要配一次泥巴就可以，烧制工艺也尤为复杂。从那块龙脉泥田几十年没动过一次就可以看出"瞒天过海"极其难得。

张云龙还有一件事没跟张益民说，就是他爹还留了一个笔记本给他，是张承志记录的每一次烧窑的记录。这事当然不能说，这是张家窑罐的宝贝，只能是每一任掌窑人才能看。

张云龙躲到屋里一天一晚不出来，就是在看笔记本，研究笔记本里烧"瞒天过海"的方法。

这些自然也不能告诉丫妹，吃完饭张云龙就催丫妹睡觉，丫妹受了惊吓，这两天日子比两年时间还长，确实困得不行，刚一上床就睡过去。

天亮后张云龙去山林烧炭，没有用平常耐烧的青岗木，专砍桐子木，烧好埋火后又去城里买了很多硫黄。晚上等丫妹睡着后又悄悄把硫黄背出门，还带了铁锹和铲子往张家寨五里外的溶洞走去，天快亮了才空着手回家，且接连五天晚上都悄悄去溶洞待一晚上。

第六天一早，张云龙带着香、纸钱和徒弟们出门。丫妹从没去过龙脉那块地，她也跟在后面。

张云龙闭着眼睛跪在地上久久不起，一个字都没说，也没有平常"破土"时的半分欢喜。

祭祀完毕，张云龙便脱掉鞋子开始挖泥。

丫妹正在担心泥巴挑不回去，就有十来个堂兄弟挑着箩筐走来。

"你们来帮忙，我回家去做饭，等你们回来就可以吃饭。"丫妹急急忙忙往家里赶。

十来个棒劳力挑了一早上，"瞒天过海"需要的泥巴终于足了。

天公不作美，不光没出太阳，反倒要下雨的样子，张云龙急忙用几个大晒席将泥巴盖住，到吃中饭的时候，雨就淅淅沥沥下起来。

雨不大，像没力气一样，下得软绵绵的。

"拐了，这个雨，怕是拉痢疾，几天几夜拉不干呢！"张云龙的堂哥看着天空忧心忡忡。

"不用担心，是福不是祸，是祸躲不过。"张云龙说。

天终于放晴，半个月过后，在七八个人的努力下，院子里的泥巴全部晒干，又打成粉末。张云龙不让丫妹帮忙，泥巴粉还要用筛子筛一遍，灰尘满天飞，丫妹一吸到灰尘就会吐。张云龙跟他们一起把所有的泥巴全筛完，虽然戴了帽子、口罩，穿了围裙，可头发上、鼻孔里、脖子里，全身上下，全都是灰，没有一处干净的地方。

筛完灰，云龙就让帮忙的堂兄弟们回去。

"不是还要踩泥吗？那么多泥巴，你一个人要踩到什么时候？以前都是很多人一起踩泥，你一个人能行吗？以前都是你徒弟们帮着你弄，那么多事情，你一个人忙得过来？要不让张益森帮你吧，他大些，力气大，手脚也灵活。"丫妹轻轻说。

"他？他更不行！"一提到张益森，张云龙的火就上来。

"可其他几个手脚都不怎么麻利，益民倒是聪明乖巧，但他才十岁，太小了，帮不上忙呀。"丫妹的话里满是担心。

"益民？这孩子虽然小，但他做事踏实，学东西也快，可以让他帮我打打杂。"张云龙脸上的表情有些舒缓了。

"哦，不！这件事必须我一个人来做，不让任何人插手。"张云龙的表情突然又凝重起来。

"你今天是怎么了？都不像你了，你几时像妇人家没有主张了。到底要不要人帮你？三个月，你一个人三个月能不能完成啊？"丫妹今天好像拿定主意要跟张云龙杠上了。

"我知道，三个月是我自己定的，我完不成谁完得成？"张云龙的声音高了一倍。

丫妹低头吃饭，再不说话。

张云龙家的院门长时间关着，偶尔看到丫妹进出，每次张云龙都会把院门闩上，丫妹回来叫门再打开。

有几次张益森爬到院墙上偷偷往里看，院子里其实什么都没有，泥巴早就被弄到屋里去了。张云龙家专门弄了一间踩泥的房间，原本是可以看到的，但现在被张云龙用一铺晒席挡住了，骑在院墙上也看不到里面。

张云龙唯一一次出门，是到外面挑了一挑糯泥回来。当时张益民看到院门口掉了一些泥巴，就去弄干净。张云龙家院子周围从来都是干干净净的，丫妹是个讲究的人，从来不会让家里家外有一点点脏东西。张益民用手抠掉泥巴，一眼就认出是淡黄色的糯泥。最开始张云龙就教他如何分辨泥巴，分辨出泥巴才能根据泥巴的各类来烧制不同窑罐。

糯泥、沙泥、水泥的用途各不相同。糯泥软，必须与其他泥巴混合才能烧制，否则火一烧就软成一塌，任何东西都烧不出来。沙泥耐高温，专用来烧煨罐，用来炖菜、煮饭、煨茶；水泥细腻，烧制水缸、酒罐、油罐这些东西非它不可。但如果做花坛养花草就需要糯泥与沙泥混合，这样烧出来的花坛不光透气，质地还好，风吹日晒都不会坏。

可满叔要烧的"瞒天过海"是用来烤酒的，他加糯泥干什么呢？糯泥加多了，怕是还没烧好就塌成一坨烂泥了。张益民想不清楚，又不敢进去问，既然张云龙不让看，那就不能让别人知道。张益民快速把泥巴弄掉，又把地上擦得干干净净，满婶现在肚子里有了娃娃，他也不能帮其他忙，就天天帮满婶把地弄得干干净净。

两个半月转眼就过去，张云龙还没有烧第三次窑，丫妹听说过"瞒天过海"最后的工序是"三釉三烧"，不经过第三次烧制就不算完成。她心里暗暗着急，那天那一声枪声时时在她耳边响起，害得她夜里老被惊醒，她总是做噩梦，梦到张云龙吃了枪子儿。

还差五天就到期了。

张云龙终于开始给三个"瞒天过海"上第三次釉。釉子是早就备好的，张云龙按2：1的比例将草木灰浆与釉子配好，上好釉，就装窑。

以往都是各式各样的窑罐一起烧，窑子装得满满的。这一次，三格窑子，一格只装一个罐子，三个"瞒天过海"就是一窑。半夜两点钟，张云龙准时把火烧起来。烧足八个小时的文火后，张云龙把柴加足，烧猛火。到了第二天晚上，便不断有人来到窑子旁边看张云龙烧窑，他们都想看看"瞒天过海"烧出来到底是啥样。到了十点钟，全村的人都闻讯过来，窑子周围的土坎上站满了人。

张云龙时时从窑孔观察窑罐的变化，现在窑罐已经从黑灰色渐渐变红。张云龙继续加大火，窑子周围的温度不断升高，围在窑子周围的人不停擦着汗水，他们却不肯离开，谁都不想错过这个几十年一遇的机会。

亮了！亮了！靠窑孔最近的一个人突然叫起来。

张云龙立刻走过去，果然，窑罐变得亮银银的。张云龙看看时间，离十二点还差十几分钟，他又加一块柴进去，然后三层的窑孔都看了看，三个窑罐都通体红亮。人们冒着高温凑到窑孔前，看通体透亮的窑罐，他们从来没有看到过如此巨大、如此漂亮的窑罐。十二点钟一到，张云龙把没有燃尽的柴火退出来，封窑。现在起，二十四小时后才能开窑。

封好窑，张云龙回家了，人们还在窑子周围迟迟不肯散去，高声大气地形容着他们看到的窑罐：有的说像个大灯笼；有的说像传说中会发光的宝物；有的说玉皇大帝烤酒的窑罐肯定是张家寨的张云龙烧的，要不当年孙悟空怎么会喝醉了……

回到家里，张云龙冲了个澡，便紧紧地抱着丫妹不松手。天亮了，丫妹习惯性起床，张云龙的手把她抱得紧紧的，她根本起不来。丫妹的肚子已经鼓起来了，她不敢太使劲，怕动了胎气。张云龙的眼睛闭着，不知道醒没醒。丫妹挨着男人躺好，张云龙的手往里收了收，把丫妹的身子与他紧紧贴在一起。

丫妹的脸上泛起红晕，想起了几个月前的新婚之夜，那时张云龙也是这样一直抱着她。第二天丫妹想早点起床，结果被他紧紧抱住，丫妹挣扎着挣扎着就被张云龙压在了身下……

今天，张云龙并没有动，只是这样一直抱着。丫妹摸了摸肚子，那天晚上过后，月事就没来了，就是那天，这个男人就把孩子种进自己肚子里了吧？丫妹的嘴角微微上扬，把脸埋进张云龙的脖子里。

夜里十二点，张云龙准时去开窑，他还带了三块黑布，把三只刚出窑的"瞒天过海"盖住。堂兄弟们早就在窑子那里等着，一口气就把三只"瞒天过海"搬到张云龙家里，张云龙拿出三块黑布把窑罐包得严严实实。

丫妹做了夜宵，是甜糯米酒煮鸡蛋，上面还撒了阴炒米。这是过年的时候才能吃到的美味，堂兄弟们都因这样至高无上的厚待对嫂嫂感激不已。

吃完夜宵，张云龙就叫堂兄弟们全都散了，叫几个徒弟留下。

丫妹收拾好碗筷进屋，发现舅公不在屋里。她看到堂屋的灯亮着，便走过去。

只见张云龙正在叮嘱几个徒弟，叫他们以后不要再烧窑，也不准许说是他的徒弟。

所有人都不明所以，张云龙刚刚接到这笔大生意，只等给王益清送货，钱就到手了，却在这个时候要他们放弃窑罐手艺。

张云龙沉声说："现在张家窑罐被土匪盯上，随时都有可能丢命，只有先把这手艺停了，没人再烧窑才能保住性命。"

"好，我听满叔的，我不烧窑了。"张益森话音未落，人已不见踪影。

"你们几个也走吧，我再也不能教你们烧窑了，张家窑罐，从此怕就绝了。"张云龙声音又慢又沉。

另外几个向张云龙道别后，也走了。

只有张益民没走，他拉着张云龙的手，轻轻说："满叔，我不走，我就跟着你，你干什么我就干什么。"

"跟土匪打交道，随时可能要吃枪子！你跟着我干什么？你不怕死呀！鬼崽崽！"张云龙一把将张益民推开。

"不怕，吃枪子我也不怕，我就跟着满叔！"张益民死死地抱住张云龙的胳膊不放。

"唉！鬼崽崽哟，鬼崽崽哟！"张云龙把张益民紧紧地搂在怀里。

丫妹走过去，抱住他们两个的头，眼泪哗哗就下来了。

"你，马上收拾东西，回你娘家去，再也不要回来，王益清肯定不会放过我们的。"张云龙好像想起什么，急急地对丫妹说。

"为哪样？为哪样要撵我走？"丫妹哭得更凶。

"丫妹，算我求你了！重要的是娃娃，你要保住我们的娃娃，我们张家就靠你了。"张云龙的眼泪无声地滑下脸颊。

"不，不！要死我跟你死在一起！"丫妹抱住张云龙，不肯松手。

"你若死了，我们家就绝后了……"张云龙哽咽。

"那你要是死了，我跟孩子怎么办？怎么办？"丫妹泣不成声。

"这个放心，我会给你钱，足够你们娘俩生活一辈子了，这是我家几辈人的积蓄，现在派上用场了。"张云龙站起来，进屋拿出一个木盒子，盒子里好几根亮闪闪的金条。里面还有一个笔记本，张云龙拿出笔记本对丫妹说："这个是我们张家窑罐的命根子，无论如何，你都要保住它，无论什么情况都不能丢掉，就算饿死，也要守住。只要有它在，我们张家窑罐就绝不了。"张云龙一字一句，说得特别慢，特别有力。

"好了，趁现在天黑，我送你去娘家，你赶快收拾一下衣服。"张云龙将盒子用黑布包了又包，紧紧地抱在怀里。

"我跟你一起去送满婶，回来我给你打伴。"张益民挨着张云龙，仰着头说。

"不，你跟着你满婶去，如果我回不来，你就帮我好好照顾你满婶，以后你满婶就是你娘。"张云龙一手抱盒子，一手抱张益民，眼睛里泪光闪烁。

"等一下，我给你煮几个鸡蛋，你明天在路上吃，你一定要回来，要回来接我。"丫妹把家里十几个鸡蛋全部放进锅里，泪流满面。

把丫妹与张益民送回娘家后，张云龙悄悄去了一趟解放军住的地方，有人守门他进不去，他就把口袋里的纸拿出来包上一颗小石头丢进屋里，然后连夜跑回张家寨。

石头子的响声惊动了门卫，门卫发现了包着石头的纸条，急忙拿进屋去给首长。

纸条上写了简单的一条消息：柳国清的队伍在将军坳云岩洞，明天晚上那里会发生爆炸，解放军可以趁乱去攻打。

首长吴兵看到纸条立即派人去追，无奈送纸条的人早已不见踪影。

进驻阡城大半年来，吴兵与柳国清打了大大小小无数场仗，一直没有抓到他。柳国清就像老鼠一样，一不小心就冒出来，不知道他到底藏在哪个洞里，对此吴兵头痛不已，从来没有如此挫败过。

　　吴兵捏着纸条陷入沉思，这张纸条没有落款，无法查证消息的可靠性，一直以来吴兵都把兵力放在战火不断的柳国清的老家兰坪乡，谁能想到他竟然在距兰坪乡近百里的将军坳，藏在云岩洞里。万一这是柳国清的奸计呢？

　　宁可信其有不可信其无，这是围剿柳国清的好时机，不能错过。吴兵立即召集部队全部穿便装，连夜潜入将军坳，埋伏在距云岩洞十里之外。

　　天亮后吴兵不断派人侦察，直到中午都没有发现可疑人员，云岩洞静悄悄的，一个人都没有。吴兵有些烦躁，看来是这大半年被柳国清整糊涂了，怎么轻易相信了一个未经查证的小消息。他又不想撤兵，既然已经来了，怎么也得等到晚上再说。想到此，吴兵便派人去侦察地形，把进入云岩洞的路摸清楚。

　　而张云龙跑回家后，也是忐忑不安，他走到黑布盖住的三个大窑罐面前，打开盖子，从地窖里搬出一大包层层包裹的粉末，随着包装一层层打开，细心的人一下子就可以看出那是火药，浓浓的火药味很刺鼻。原来张云龙那几天是去洞里熬硝，之前买硫黄、烧木炭都是为了与硝混合自制火药，他竟然悄悄制作了这么多。只见他从大窑罐里拿出许多小泥筒，把火药一点一点装进去，再用泥巴封严，到天亮时，所有的火药都已经装进大窑罐里。张云龙再用糯泥将罐口封死，用之前的黑布包好。

张云龙换上一身干净衣服，吃几个鸡蛋后，在堂屋里磕了三个头。他轻轻地说："爹，当年你用云龙的命救下我的命，现在是该我用命来换张家寨全村人的命的时候了，我一命换这么多命，值得！云龙，欠你的命，今天还给你！如果天堂能相见，再好好感谢你！"

张云龙磕完头就坐在家里等，没多久他雇的马车就到了，把窑罐装上马车后就直奔将军坳而去。

下午两点多才到将军坳街上，正准备问云岩洞怎么走，就过来两个人，问他是不是张云龙，确定之后丢给张云龙三个大洋直接就准备把马车赶走。

"长官，我，我的马车……"马车夫见自己的马车被赶走着急万分。

"长官，这个窑罐还需要最后一道工序才能完成。"张云龙急忙说。

"你他妈的找死！没烧好就敢给老子送来！"其中一个人揪住张云龙领子就给了他一耳光。

"你狗日的还想要马车！"另一个懒得动手，直接踹了马车夫一脚。

"不是不是，已经烧好了，为了给长官更好的，我多上了一次釉，只要再用大火烧上三个小时，我敢保证这窑罐是天底下最好的，当年给知府大人烧的窑罐都只是三釉三烧，这一次的窑罐绝对是独一无二的，绝对是独一无二的！"张云龙顾不得脸上火辣辣的痛，笑眯眯地解释。

"哦？原来是这样！那你只要告诉我怎么烧就行，你不能去，我们的地盘岂是你能去的！"

"好好好，很简单，只要放到大火上烧就可以，这次上的釉是彩色的，到晚上八点钟就可以烧了，你们可以看到它一点一点变颜色，越变越漂亮，一起亲眼见证这个最好的窑罐烧制成功。"

张云龙心中暗喜，他们不让自己去，反而是救自己一命，等到晚上八点钟自己早就到家了。大火烧三个小时窑罐一定会爆炸，就算解放军不相信自己的消息，这次大爆炸也一定会暴露他们的目标，会给他们造成伤亡，解放军定会趁机剿灭他们。

"哈！哈！哈！好！好！好！柳县长知道一定会重重有赏的！咱们兄弟两个发财了！"听完张云龙的话，那两个人非常高兴，竟然又掏出一块大洋赏给马车夫算是赔他的马车。

张云龙与马车夫赶紧道谢逃走，生怕一不小心说错话惹怒他们。

晚上回到家里张云龙又累又饿，全身酸痛，更难受的是内心的煎熬。不知道自己的纸条有没有到解放军首长手里，首长会不会相信他的话，如果不相信，他把窑罐送到云岩洞一旦被识破，不光自己活不成，张家寨老老少少一千来口人也要丧命。自己死不足惜，连累了整个张家寨就罪孽深重了！如何对得起拿命换自己一命的云龙兄弟，如何对得起救自己的张承志爹爹，就因为自己，爹爹失去了唯一的儿子。他的思绪回到十几年前，那时他原本是一个红军。

1934年10月，他所在的团为了掩护主力部队突围，由原本的后卫部队改为前锋牵制敌人，并往困牛山方向突围，可耻的敌人用当地百姓为人肉盾牌，最后仅剩的一百余名红军战士不愿误伤百姓，要么当俘虏，要么跳崖身亡。当俘虏不光要忍受屈辱和严刑拷打，最终也是个死，一百余名红军战士毅然选择跳下困牛山。幸运的是，他落在树杈上，并没有死，外出卖窑罐路过的张承志救下他，当即叫他脱掉军装，换上他包裹里的衣服，并叮嘱他忘记自己的名字，忘记自己是红军，只有这样才能活下去。脱下军装那一刻，自己悄悄抠下帽子上的五角星藏在身上，跟着张承志回家。就在回家当晚，国民党大搜捕，一进村就把村子里十八岁到二十五岁之间的青年男子全部带走。张承志没想到国民党会抓老百姓，只把救下来的红军藏在红苕坑里，而自己的儿子云龙却被抓走了。

云龙是张承志的第十一个孩子，他一连生下十个姑娘，老婆肚子再不见响动，直到四十七岁那年正月玩毛龙，老婆偷偷藏了灯队的"宝"，灯队丢了"宝"也不着急，没有"宝"在前面领舞依然把毛龙舞得上下翻腾、气势如虹，大家都知道这是有人向龙神借宝求子。第二年张承志果然顺利得子，小名"龙妹"，以求像姑娘一样好养活，学名云龙，并在云龙十二岁那年舞龙还愿，以感谢龙神赐之恩。千般小心万般呵护，张承志没想到十八岁的云龙会因为自己的善心吃了国民党的枪子，尸骨无存。当时，藏在红苕坑里的他爬出来，要出去找国民党部队换回张承志的儿子，被张承志拦住，"你去了也不管用，不过多死一个人。到了国民党手里哪还有命回来，既然我儿子被抓，那便是他的命，也是我的命，是我命中不该有儿子，就算向龙神求来，也不得长久。从此你便用云龙的名字，叫我一声爹吧，在这里住下来，也算是老天爷补给我一个儿子。""爹！"他喊一声爹，长跪不起。

"红军事件"平息下来后，"张云龙"在张家寨活了下来。儿子的死到底成了张承志老两口的心病，没几年他们就相继离世，张家窑罐手艺自然也传到他手上。安葬好养父母，他在坟前发誓："爹，娘，从此世上只有张云龙，有我张云龙在一天，必定守好张家窑罐手艺，守好全村人。

回想自己发下的誓言，张云龙心如刀割。自己当年没能与战友一起战死，反而让那么多个年轻的百姓当了替死鬼，如今不能守护他们的家人，有何脸面活在世上？又有何脸面去见死去的首长和战友？

昏昏沉沉到第二天晌午的时候，院门啪啪啪急骤地响起来。张云龙飞奔出去。

却是老丈人，他满头大汗，气喘吁吁。

"亲爷，你怎么来了？难道是丫妹她？她出什么事了？"张云龙心里一惊。

"好……消……息！好……消……息！"丫妹的爹上气不接下气。

"快进来，进来说。"张云龙把丈人扶进屋，急忙给他倒了一碗茶。

"丫妹哥哥回来了，他说昨天晚上柳国清被活捉了，下个月要开公审大会，肯定会被枪毙。丫妹不用再躲了，你也不用再担心了。"丫妹的爹终于一口气把这个好消息说完了。

"真的？太好了！太好了！那丫妹呢？她怎么没回来？"张云龙的眼睛里闪出惊喜的光。

"他哥哥跟她一起的，帮她拿东西呢，本来叫她在家里再待两天，昨晚刚到，今天又回来。她担心你出事，非得要回家，又走得慢，叫我先来告诉你，让你高兴高兴。"说完，丫妹的爹把满满的一碗茶全喝光了。

张云龙心中大石落地，一定是解放军首长看到他的纸条，派兵过去抓住了柳国清，从此张家寨太平了！他立刻烧火做饭，这个消息太让人高兴了，必须得好好招待老丈人和大舅子，好好庆祝。

张云龙把饭蒸到锅里以后，丫妹就回来了。丫妹把装衣服的包交给张云龙，张云龙用手摸了摸，盒子在里面，他把盒子拿到里屋藏好，出来招呼老丈人和大舅子休息，他开始炒菜。丫妹要来炒菜，张云龙按住她，轻轻说："你就好好坐着吧，这段时间你一直担惊受怕，现在终于可以放心了，让我来露一手给你看看，我的手艺可不比你差哦。"

第二天一大早张云龙就背上一个口袋独自往困牛山走去。走上最陡峭的鹰嘴那里停下来，这就是当年他们跳岩的地方。不知道什么时候这里竟然多了一座坟，还立着一块石碑，上面有几个名字，其中一个就是他们的团长，没有他的名字，很多战友的名字都没有，也不知道他们从哪里知道团长还有那几个人的名字。张云龙从口袋里拿出香、纸、蜡烛还有一瓶酒。点燃香纸，又点亮蜡烛，把酒倒在坟前，张云龙跪下磕了三个头。这次能炸掉土匪的窝点保住张家寨上千条命，全靠团长教会他熬火药。团长老家的山洞里有硝芽子，有人悄悄熬硝卖钱，硝是制造火药的必需物资，能换大洋。当时部队弹药紧缺，不打仗的时候团长就带他们去找有硝芽子的山洞熬硝，自制火药。

临走时张云龙又在坟前磕了三个头："团长，张家寨再也没有红军，只有张云龙，下辈子我再跟着您一起打仗。"